Reste

De la même autrice

La Vraie Vie, L'Iconoclaste, 2018 ; Le Livre de poche, 2020
Kérozène, L'Iconoclaste, 2021 ; Proche, 2022
Baïla, la petite louve (avec Arnold Hovart), Michel Lafon, 2021
Bonobo Moussaka, L'Iconoclaste, 2022

© L'Iconoclaste, Paris, 2023
Tous droits réservés pour tous pays.

Illustration de couverture : © Pierre Mornet

Collection Proche
26, rue Jacob, 75006 Paris
Tél. : 01 42 17 47 80
www.collectionproche.fr

Adeline Dieudonné
Reste

Roman

À Pierre, mon père

« Je ne t'ai jamais dit
Mais nous sommes immortels
Pourquoi es-tu parti
Avant que je te l'apprenne ? »

Dominique A.
« Immortels »

« S'il te plaît, c'est quoi cette bêtise,
pourquoi n'es-tu pas là ?
Qu'est-ce que c'est que cette connerie ? »

Jana Černá,
Pas dans le cul aujourd'hui

Première lettre

Mardi 5 avril 2022.
M. est là, allongé près de moi. Il est mort.
Il est mort.
J'espère, en les écrivant, que ces mots m'aideront à appréhender cette réalité.
Je les observe, les déchiffre tandis qu'ils se forment sous ma main, les écris encore, pour en saisir la chair.
Ils m'échappent, me glissent hors des yeux, je recommence.

J'aurais dû vous appeler hier déjà, pour vous prévenir. Je ne le ferai pas.
Alors que j'écris ces lignes, vous ignorez la mort de M. Je vous envie pour ça.

9 h 32. J'ai regardé sa montre sur la table de nuit, là où il l'a laissée.

Je vous imagine en réunion de chantier. Ou à votre bureau, à dessiner des plans.

M. ne parle pas souvent de vous. Ne parlait. Ne parlait pas souvent de vous. Une forme de pudeur, je suppose.

Il vous aimait, il n'y a pas à en douter.

Peut-être que vous écrire, maintenant, me permet d'échapper à ici. Vous vous tenez droite, assise face à votre ordinateur, une tasse de thé tiède à portée de main – vous avez oublié de retirer le sachet, il doit être amer –, vous dessinez un garage, des lignes rouges jaunes vertes bleues sur l'écran noir. Vous êtes absorbée, projetée dans ce garage en devenir. Et vous pouvez y être absorbée, projetée, parce que quelque part, au fond de vous, sommeille la certitude que M. se promène à une poignée de kilomètres, que ses poumons se dilatent, se contractent, que son cœur palpite, que sa peau frémit.

Je tends la main, la pose sur son torse froid, immobile.

Je m'installe dans votre peau, dans votre tête, et je suis vous, pour quelques secondes, et pour quelques secondes mon problème le plus important consiste à décider s'il faut une porte déroulante ou abattante à ce garage, et de quel côté je vais placer le panneau de commande électrique. Ce faisant, je ne vous vole rien, puisque je ne vous prive pas de votre bureau, de votre thé amer, de votre innocence.

Il faudrait que je me lève. Que je m'habille.

M. semble endormi à mes côtés. Il est nu. Depuis hier matin déjà. Je crois que je suis en train de m'habituer. C'est son nouveau lui. Je l'ai secoué, j'ai pleuré, beaucoup, je me suis fâchée, l'ai giflé, je crois, je savais qu'il était mort, je ne suis pas folle, mais la colère m'a engloutie. Pourquoi n'arrivait-il pas à sortir de là ? Pourquoi se laissait-il aller comme ça ?

Il me faut du vin.

Le chalet n'est pas grand. Une chambre, une salle de bains, une cuisine sommaire qui ouvre sur un salon fatigué. Des truites naturalisées aux murs, des hameçons et des appâts dans des vitrines poussiéreuses. Un poêle à bois. Les murs exhalent un parfum de sel, froid, minéral. Je crois que nous aimions venir ici pour l'exiguïté du lieu. Poser nos brosses à dents côte à côte sur la petite vasque en pierre, écouter la même musique, nous frôler pour mettre le couvert, cuisiner.

Ici il n'y a rien. Et puisqu'il n'y a rien, il y a tout, pardon pour ce poncif, mais la forêt, le lac, les oiseaux, les herbes sauvages, c'est tout. Quand je dis qu'il n'y a rien, je veux dire qu'il n'y a personne. Personne d'autre que M. et moi. J'ignore ce qu'il vous racontait pour justifier ses absences. Un séminaire, quelques jours entre copains, un stage de natation... Nous n'en parlions jamais. Il avait honte, sans doute, et moi aussi.

Ici, on pouvait s'imaginer qu'on ne rentrerait jamais. Qu'on vieillirait comme ça, tous les deux. Un chien, quelques poules. Nous nous suffirions. Nous aimions ce mensonge. Et puis moi parfois j'y croyais.

En réalité, c'était un mensonge par omission. Non parce qu'il omettait ma fille – Nina est grande – mais plutôt mon besoin de solitude. J'aimais l'incursion de M. dans mon espace durant ces quelques jours que nous volions de temps en temps. Mais est-ce que je l'aurais supportée toute l'année ?

En fait oui, probablement oui. Nous étions assez vieux tous les deux, je veux dire lui et moi, pour savoir comment préserver notre espace de l'autre. Nous nous connaissions assez. Peut-être qu'il aurait suffi de me construire une cabane à côté du chalet, mon atelier, ma chambre à moi.

Alors, qu'est-ce que ce mensonge cachait au juste ?

Sans doute la terreur qui nous habitait tous les deux d'épuiser notre dialogue jusqu'ici intarissable. Dialogue des mots, bien sûr, dialogue des corps, dialogue affamé de ceux qui viennent de se rencontrer.

La terreur du silence blasé, du désir sec.

Et évidemment ce mensonge vous omettait vous. Et votre fils. Et le monde qui brûle.

12 h 43 à la montre de M., toujours posée sur la table de chevet. Je n'ose pas toucher à ses affaires. Je n'ose pas regarder son téléphone posé sur le buffet, à côté du poêle. J'aurais accès à sa vie. Son courrier, ses réseaux sociaux.

Est-ce que tout ça va disparaître avec lui ? Est-ce que son adresse mail sera supprimée ? Ou continuera-t-elle d'exister, comme une maison abandonnée, hantée par les échanges professionnels, les newsletters non lues, les vieilles factures, vos disputes ? Je sais que vous vous disputiez essentiellement par mail. C'est une chose que M. m'avait confiée. Lorsqu'une tension naissait, vous vous taisiez et poursuiviez la discussion par écrit. Est-ce que vous allez archiver ces échanges ? Je crois que si c'était mon histoire, mes disputes, mon couple, ces messages me seraient plus précieux que des photos de vacances, moins mensongers.

J'ai envie d'aller les lire. Je pourrais vérifier si le récit que M. me faisait de votre couple correspond à la réalité. Peut-être que si j'ouvrais son téléphone je découvrirais un tout autre M. Peut-être que je trouverais des horreurs, des vidéos abominables, de la pédopornographie, des chatons égorgés. On ne sait jamais.

Vous écrire me réconforte un peu. J'ai quitté la chambre, allumé un feu, mis de la musique. Nick Cave. Sa voix va bien avec le décor, le lac, les nuages fades. Mon gilet en laine trop grand, le crépitement du feu, le sol en pierres du pays. Tout sied. Un vrai cliché, on dirait une pub pour, pour je sais pas quoi, pour un truc que j'emmerde. Fait chier. Je me ressers un verre de vin. La bouteille que nous avons entamée avant-hier.

Aujourd'hui c'est mon anniversaire. Bon anniversaire ! J'ai quarante et un ans. J'imagine que quelque part, au fond de la valise de M., il doit y avoir un petit cadeau pour moi. Je préfère ne pas y penser. Quelle est la date de votre anniversaire ? Que vous offrait-il ? Vous disait-il encore « je t'aime » ? Vous embrassait-il encore ?

Demain je devrai rendre les clefs. Demain vous vous attendez à le voir revenir. Demain, il faudra partir.

Je pourrais appeler la police maintenant. J'aurais pu l'appeler hier.

Je n'ai pas pu. On me l'aurait pris. On vous l'aurait rendu. Et puis quoi ? S'il n'est pas avec moi, il est seul. Il aurait traversé seul les préparatifs des funérailles, on l'aurait couché dans une chambre froide, des mains l'auraient touché, qui ne sont pas les miennes.

Seul dans son cercueil pendant la cérémonie, seul dans le four. Je n'ai pas besoin de condoléances, pas besoin de cendres. Je ne suis rien. Mais M. a besoin de moi. Ou j'ai besoin de veiller sur lui. Je ne l'abandonnerai pas.

Je sais qu'il ne manquera à personne chez moi. Ma fille le connaît peu. Idem pour mes amis. Ça n'a pas d'importance, je l'ai aimé seule, je peux le pleurer seule. Mais je ne peux pas l'abandonner maintenant.

Ça n'est pas votre faute, je sais que vous auriez fait ce qu'il fallait. Mais ça n'aurait pas suffi.

Je vais retourner m'allonger contre lui.

Depuis ma rencontre avec M. je me demande comment ça va finir. J'ai toujours cru qu'il me quitterait, c'était dans l'ordre des choses. Ou alors que je rencontrerais quelqu'un. Classique. Quelqu'un qui voudrait partager son plan d'épargne-pension avec moi. Ça, j'avais essayé avant M. L'épargne-pension avait perdu. Romain. Sur le papier, c'était tentant. Il donnait un cours de menuiserie et je voulais menuiser. Il voulait un enfant, j'avais un ventre.

Romain était gentil, brillant, son intelligence m'érotisait, ça n'était pas réciproque. Il aimait me montrer, il aimait mes shorts courts, il aimait mon cul. Non, il n'aimait pas mon cul. Il était fier de mon cul. La lueur d'envie dans les yeux de ses potes l'égayait. J'étais son cul. Et la gentille mère de son enfant. Attentionnée, présente, certes, mais jamais assez. Jamais aussi dévouée que sa mère à lui. Il ne formulait pas de reproches, il se raidissait, laissait échapper des micro-tics d'insatisfaction, suivis d'un conseil, d'une suggestion. Il n'aimait pas que je m'investisse dans mon travail plus que nécessaire. Je suis prof de français. Il détestait que j'accompagne les voyages scolaires. Sa fille, sa femme, ses potes, le rugby le dimanche et voilà. Quatre potes. Il les avait rencontrés en maternelle et ils ne s'étaient plus quittés. J'admirais cette fidélité, cette constance. Un deuil, une séparation, un épisode alcoolique, dépressif, chacun posait quelques jours de congé, ils embarquaient le blessé et venaient lécher leurs plaies, ici au chalet. Le chalet de Jacky. Jacky, le parrain de Romain. Et donc le parrain de tous. Ce que les quatre potes avaient en commun, c'était l'absence du père. Père parti, jamais arrivé ou mort. Alors Jacky avait adopté tout le monde, en quelque sorte. Et il possédait ce chalet, ce lac.

Depuis ma séparation avec Romain, je suis restée en contact avec lui. Il reste fidèle aux ex aussi. Il comprend, il en a vu d'autres. La bande m'a répudiée, pas Jacky. Puis il a adopté M., presque sans poser de questions, même si M. n'avait pas vraiment besoin d'un père.

Demain, je devrai lui rendre les clefs du chalet.

Demain, je devrai prendre une décision.

J'ai eu peur de vieillir. C'est banal, évidemment. Ça m'est arrivé un jour par surprise. J'ai toujours entretenu un rapport serein avec mon âge, accueillant mes premières rides avec une relative indifférence. Été plutôt amusée de me trouver quelques poils et cheveux gris vers la fin de la trentaine. Il ne m'est pas venu à l'idée de les camoufler. Je marchais vers la quarantaine, droite, sereine, croyant avoir échappé à cette angoisse de l'âge par je ne sais quel miracle ou je ne sais quelle sagesse.

Et puis, trois jours avant mes quarante ans, lors d'un dîner chez une connaissance, une femme a évoqué devant moi une soirée passée avec M., sans savoir qui j'étais pour lui, ni qui il était pour moi. Elle racontait, le sourire lourd de sous-entendus, comme M. avait sympathisé avec une de ses amies. Une jeune femme charmante, fin de vingtaine, drôle, captivante. Il n'était pas question de drague, mais de la fascination de M., je pense même que l'expression « bave aux lèvres » a été prononcée. J'ai pris congé, prétextant une migraine foudroyante. Je suis rentrée chez moi, sous la pluie d'avril, furieuse d'avoir été obligée de laisser cette femme brosser un portrait aussi minable de M. sans réagir. Et puis furieuse de constater que ce récit m'avait ébranlée. Pas tant l'idée qu'une autre puisse capter l'attention de M., ce sont des choses qui arrivent, j'ai appris à dompter mon ego de ce côté-là. C'était l'âge de cette autre. Dix ans de moins que moi, seize de moins que M. « Le marché de la bonne meuf. » Je me suis sentie poussée vers la sortie de la foire aux bestiaux, où je tenais pourtant une place honorable, non par cette femme plus jeune que moi mais par lui, et sa terreur de vieillir. Qu'il venait de me transmettre.

Je me suis retrouvée ce soir-là face à ce constat comme devant une route éventrée par un cours d'eau souterrain. J'avais quarante ans moins trois jours, je me tenais au bord de ce gouffre, à la fois lasse et effrayée, à me demander comment remblayer tout ça. Une part de moi-même a tenté un vain « quitte-le, c'est lui le problème, ou c'est chez lui que réside le problème, pourquoi deviendrait-il le tien ? ». Mais je n'avais pas envie de quitter M. J'ai pensé que je pouvais vivre avec cette angoisse, cette épée au-dessus de la tête. Un jour M. se trouverait une maîtresse plus jeune. Dernier tour de carrousel, je serais remerciée, il faudrait rentrer.

Comment vivez-vous avec ça ? Est-ce que vous

savez qu'il ne vous quittera jamais ? Enfin, qu'il ne vous aurait jamais quittée ? Parce que, vraiment, c'était le cas. Et ça me convenait, je crois l'avoir déjà dit, je ne sais plus.

Il y avait ces mots qui flottaient entre nous, que nous n'avions plus besoin de prononcer. « Aussi léger à porter que fort à éprouver. » C'était comme ça que nous définissions notre lien, nous en avions fait une sorte de devise ou de promesse, que nous avions empruntée à Camus, ou à René Char, je ne sais plus. L'un écrivait à l'autre : « Plus je vieillis et plus je trouve qu'on ne peut vivre qu'avec les êtres qui vous libèrent, qui vous aiment d'une affection aussi légère à porter que forte à éprouver. La vie d'aujourd'hui est trop dure, trop amère, trop anémiante, pour qu'on subisse encore de nouvelles servitudes, venues de qui on aime. »

Quelle heure est-il ? Le soleil écrase le lac. Un troupeau d'ânes est venu boire il y a quelques minutes. Je me demande s'ils appartiennent à quelqu'un. Est-ce qu'on les élève pour une raison précise ? Est-ce qu'on les mange ? Quand j'étais petite, mes parents me racontaient que la viande des grisons était de la viande d'âne. Je crois que c'était pour que j'arrête de me jeter sur le plateau de charcuteries. Je ne sais plus si ça fonctionnait. Sans doute. Je pensais à Cadichon, dans les *Mémoires d'un âne*, et me rabattais sur les pistaches.

Une pie s'est posée sur l'encolure de l'un d'entre

eux, a picoré quelques parasites dans sa crinière. L'âne a tendu le cou, il semblait aimer ça. Puis la pie s'est envolée et l'âne l'a suivie des yeux, presque triste, comme s'il se sentait abandonné. Est-ce qu'ils se connaissent ? Est-ce qu'elle vient l'épouiller régulièrement ? Possèdent-ils un langage commun ? Est-ce qu'elle le préfère aux autres ?

J'entends le cri d'un rapace. Une buse, un faucon, un aigle ? J'ignore qui vit dans ces montagnes. Je peux le voir tournoyer, trop haut pour que je puisse l'identifier. Encore que, même s'il venait se poser sur mon bras, je serais incapable de différencier un faucon d'une buse. Un aigle royal, peut-être.

Je regarde l'heure sur mon portable, je n'ose plus trop entrer dans la chambre. J'irai tout à l'heure, pour dormir près de lui. Il n'y a aucun réseau ici. Si j'avais voulu appeler les secours, je ne sais pas si j'aurais pu. Mais je n'ai pas essayé.

Je vous ai dit que je lui ai donné un bain ?

Il adorait les bains. C'était hier, dans l'après-midi. Il était si froid, j'ai voulu le réchauffer. Il n'était pas encore raide. Je l'avais ramené dans le chalet, luttant contre son poids et mon chagrin. Je pleurais sans arrêt, peinant à retrouver mon souffle. Aujourd'hui j'ai des courbatures dans les bras, les épaules, les cuisses. Je l'ai traîné, en passant mes avant-bras sous ses aisselles depuis la plage de galets. Ou alors c'est une grève ? Quelle est la différence entre plage et grève ? Un jour je vérifierai. En tout cas, l'étroite étendue de galets sur laquelle vient mourir le lac. « Vient mourir le lac », stupide formule... Le lac ne meurt pas, lui. Il ne mourra jamais.

Je réalise que je vous raconte tout dans le désordre. J'écris ce qui me vient, parce que je ne sais pas quoi faire d'autre. Et que c'est à vous que je me sens liée maintenant. Est-ce que vous avez commencé à vous inquiéter ? J'espère que non. J'espère que vous vous endormirez confiante – demain soir il va rentrer –, que vous gagnerez une nuit de plus avec lui, même s'il n'est pas là, avec la certitude de lui dans votre vie. J'ai terminé la bouteille de vin. Je rêve d'une cigarette.

Je crois que je me suis trompée. Sur les raisons qui me poussent à vous écrire. J'ai cru que c'était un moyen d'échapper à l'instant, à ce chalet, à la douleur, au corps de M. gisant là sur le lit. J'ai cru qu'en m'adressant à vous, à travers l'espace et le temps, je pourrais être vous, me glisser dans votre peau, dans votre ignorance. Voir avec vos yeux, toucher ce que vous touchez. Est-ce que ce n'est pas ce que j'ai secrètement souhaité depuis ma rencontre avec M. ? Dormir près de lui chaque nuit, connaître ses gestes intimes, où il pose ses clefs en rentrant, comment il embrasse votre fils, ses rituels quotidiens, sa façon de ranger les courses, sa voix lorsqu'il prend un rendez-vous chez le médecin... Je ne sais pas. Il y a un prix à payer pour connaître ces détails-là. J'aurais aimé y accéder, découvrir chaque recoin de M. sans avoir à les côtoyer chaque jour. Vous pourriez dire la même chose. Je connais un autre M. que vous. M. dans son costume de mari infidèle. C'est si banal, pardon. Mais voilà où je voulais en venir. Je me suis trompée, je vous écris par amour, pas par amour pour M., quoique si, probablement aussi. Mais parce que je vous aime, vous. C'est ce que j'aimerais me faire croire en tout cas. C'est tordu, oui. Garder le corps de son amant mort c'est tordu, aimer c'est tordu. Je suis tordue, voilà. Mais donc je vous aime. Ou j'aimerais me le faire croire. Qu'est-ce que c'est que cette histoire de rivalité ? Nous ne sommes pas rivales. Vous ne l'auriez peut-être pas vu comme ça, et c'est la raison pour laquelle M. ne vous a jamais parlé de moi, mais moi je peux vous l'affirmer, il n'existe pas de compétition entre nous, je ne vous ai rien pris. Ou c'est ce que j'aimerais me faire croire. Et je vous aime, sans vous avoir rencontrée, parce que M. vous aimait. Et si je vous aime à travers ses mots, c'est que ses mots étaient tendres pour vous. Ou c'est ce que j'aimerais me faire croire. Au fond je ne sais rien. Rien de ce que vous avez ressenti quand l'homme que vous aimiez, qui vous avait tout promis, avec lequel vous aviez connu mille étreintes, avec lequel vous avez décidé d'avoir un enfant, cet homme qui a dû pleurer de bonheur sur votre corps, quand il s'est mis à vous appeler par votre prénom, quand son regard s'est éteint, quand vous avez fini par comprendre qu'une partie de votre histoire était terminée, ou morte, ou, si on veut utiliser un terme plus optimiste, s'était transformée. Il y a une part de transformation dans les histoires d'amour, j'en suis certaine, mais le désir qui meurt, c'est le désir qui meurt. Point.

Le lac n'a pas de nom. On l'appelle le lac d'en haut, par opposition à son frère, le lac d'en bas. Le lac d'en bas est plus grand. Jacky y élève des truites, pour les pêcheurs qui débarquent en saison. C'est lui qui m'a appris à pêcher, j'ai adoré ça. Passer des heures à observer le bouchon à la surface de l'eau. Espérer secrètement attraper un brochet. Jacky disait qu'il devait y en avoir une dizaine dans le lac. J'aurais adoré voir sa tête, et celle de Romain, et de tous les autres si moi j'en avais ramené un. Le soir, nous mangions ce que nous avions pris. Les truites goûtaient la vase. Jacky m'avait aussi montré comment les tuer, les ouvrir, les éviscérer.

Il tient l'hôtel du Lac. Personne ne se casse la tête sur les noms dans la région. Et de fait, quand on parle de l'hôtel du Lac, tout le monde sait de quoi on parle. Une grosse bâtisse de pierre et de bois, sur trois niveaux. Au rez-de-chaussée, la réception, le restaurant, la boutique de location de matériel de pêche, un étage avec les chambres, un grenier aménagé en dortoir. Devant l'hôtel, un ponton en bois s'avance jusqu'au milieu du plan d'eau. Je ne connais pas sa surface exacte, je suis nulle en surface, je dirais qu'il doit être grand comme un terrain de foot et demi mais je dis sans doute n'importe quoi. J'imagine que vous sauriez. Une architecte sait ces choses-là, non ? D'ailleurs, pourquoi est-ce qu'on mesure toujours tout en terrains de foot ?

La première fois que je suis venue ici, c'était il y a dix-huit ans, j'étais enceinte de ma fille mais je ne le savais pas encore. Son père voulait me présenter à Jacky. Je dis « me présenter à Jacky » et pas « me présenter Jacky ». La seconde formule implique une réciprocité, or il n'y en avait pas. Romain était fier, comme s'il brandissait un trophée ou une médaille gagnée sur un champ de bataille, et j'étais fière d'être ce trophée. Jacky avait eu ce regard admiratif, un peu bluffé en me regardant, et j'avais senti Romain exulter. Je n'avais pas encore ouvert la bouche, c'était inutile. Le short en jean, sexy sans être outrancier, sur des jambes minces, les bottines western, le tee-shirt court et ample, le maquillage simple, les traits réguliers, le teint sain, le sourire facile. J'étais jolie, humble, sympa, pas chiante, pas hystérique, je savais où était ma place. J'étais ce qu'on attendait de moi. Je peux sembler amère, en réalité je ne le suis plus. Ni même en colère. Les années avec Romain sont des années d'oblitération. Si je voulais en parler avec douceur, je dirais que j'avais dressé un rideau de velours épais à l'intérieur de moi, derrière lequel j'avais caché mes besoins, mes aspirations, ma créativité. Derrière lequel je m'étais effacée. Si je voulais en parler avec plus de dureté j'évoquerais un cachot. Je m'en suis longtemps voulu de m'être infligé ça. Romain n'était pas un type brutal, j'aurais pu partir.

Il avait quatre ans quand son père avait quitté sa mère, Hélène. L'histoire banale du gars qui se montre un peu présent au début, jusqu'au jour où il demande une autre femme en mariage, fonde une autre famille. Hélène avait dû se débrouiller seule avec Romain et sa sœur, Annabelle. Jacky, le meilleur ami du père, sans doute un peu amoureux d'elle, l'avait soutenue. Il l'avait aidée à trouver un boulot de vendeuse dans un magasin de vêtements, lui avait appris à conduire pour qu'elle puisse passer son permis. Il était resté proche d'eux, loyal, sûr. Romain me racontait qu'il débarquait tous les dimanches après-midi avec des provisions pour la semaine, des petits cadeaux. Ça avait duré plusieurs années, jusqu'à ce qu'il rencontre Liliane. Ils s'étaient mariés et avaient acheté cet hôtel, loin d'Hélène. Mais Jacky n'avait jamais perdu le contact avec Romain et Annabelle, qui étaient alors de grands ados. Comme si Jacky avait attendu qu'ils soient assez âgés pour s'autoriser à partir. Ou alors c'est le temps qu'il lui avait fallu pour comprendre qu'Hélène ne l'aimerait jamais comme il l'aurait voulu.

Quand nous venions ici, M. se levait tôt pour aller nager.

Le lac n'est pas une simple cuvette comme celui d'en bas. C'est un cône profond d'une cinquantaine de mètres. La légende prétend qu'il aurait été formé par les larmes du diable. Romain m'avait raconté cette histoire, la première fois que j'étais venue ici avec lui. Il avait attendu la nuit. Il faisait froid, nous nous étions emmitouflés dans une couverture, assis sur la grève, les pieds dans l'eau. Nous partagions un joint. Romain s'était installé derrière moi, m'entourant de ses jambes, sa main qui ne tenait pas le joint me caressait les seins. Il portait un pantalon léger, je sentais son érection dans le bas de mon dos. Ses amis logeaient en bas chez Jacky, à l'hôtel du Lac, dans le dortoir sous les toits. Le petit chalet nous avait été réservé, comme à de jeunes mariés.

Le joint crépitait à quelques centimètres de mon oreille.

– On raconte que le diable avait une fille. Une créature effrayante et belle, moitié femme, moitié chèvre. Comme le diable, elle se tenait debout sur ses pattes arrière, le haut du corps et les seins nus, une chevelure broussailleuse, des yeux noirs. Elle vivait ici dans ces montagnes, heureuse. Et pendant ces années les hommes vécurent paisiblement, le diable ne tourmentant plus personne, fou d'amour pour sa fille. Il l'avait avertie : « Tu peux aller partout, dans ces montagnes, te lier d'amitié avec la marmotte, le bouquetin, le corbeau, le lynx. Mais tu ne dois jamais t'approcher des humains. » La petite avait grandi là-haut sur le glacier, elle connaissait chaque rocher, parlait le langage des fleurs et des insectes, nageait avec les loutres, avait appris à se cacher. Un jour, elle aperçut un berger et en tomba amoureuse. Elle l'observa de loin pendant plusieurs semaines, dissimulée derrière un rocher. Puis elle finit par braver l'interdit. Un matin, alors que le jeune homme veillait sur son troupeau, assis au soleil, elle approcha sans bruit, dressée sur ses pattes arrière...

– Et le chien du berger l'a bouffée !

– Non.

– Il a rameuté le village, ils l'ont pourchassée dans toute la montagne avec des torches et des fourches et ils l'ont brûlée ?

– Oh, t'es chiante, non. Il a pas voulu d'elle et elle s'est suicidée. Bref. Le diable s'est assis sur ce rocher et il a pleuré pendant des jours et des jours et des jours, ce qui a formé le lac.

Il avait cessé de me caresser les seins, son érection s'était tue.

J'ai l'impression de nous voir là, Romain et moi, assis au bord de l'eau, comme si les dix-huit ans qui me séparent de cette scène s'étaient réduits à l'épaisseur de la brume.

Les eaux sombres sont bordées d'une plage de cailloux clairs, couleur cendre, et tout autour les crocs montagneux qui lézardent le ciel. Hier je trouvais ça joli, majestueux, poétique, ce que vous voulez. Aujourd'hui ils m'apparaissent menaçants, sinistres, chargés d'une puissance maléfique.

Hier matin, j'ai senti M. se réveiller. Il m'a embrassé la nuque, m'a enlacée. Son corps du matin me paraissait presque étranger, tant les nuits que nous passions ensemble étaient rares. J'étais habituée à son corps de l'après-midi, ferme et frais. Au réveil, je le découvrais chaud, amolli par la nuit. Son souffle plus chargé que d'ordinaire. J'adorais ce nouveau M. Peut-être que dans ces moments-là j'étais un peu jalouse de vous. Et je lui en voulais presque d'écourter ces matins en partant nager. M. prend rarement son temps. Comme s'il était conscient d'une urgence qui m'échappait. Quand la soirée est bonne, je suis capable de tomber dans des gouffres temporels, oublier qu'il existe un lendemain, parler, danser, rire jusqu'à l'aube, jusqu'à l'épuisement. M. ne s'attarde jamais.

J'ai ignoré ses caresses, j'avais envie de dormir encore un peu. Il m'a embrassée une dernière fois avant d'enfiler son maillot et de quitter la chambre. Je n'ai pas ouvert les yeux, me suis rendormie. Peut-être une demi-heure, je ne sais pas... Puis je me suis levée. En général, il nageait pendant une bonne heure. Ça me laissait le temps de préparer le petit déjeuner. Du café, quelques morceaux de fromage sur une planche en bois, du pain. Parfois des œufs à la coque. Je n'ai pas regardé tout de suite vers le lac. J'ai ouvert le frigo, disposé les fromages. Je ne me rappelle plus exactement. Ce que je sais c'est que j'ai nettoyé les deux verres à vin que nous avions laissé traîner près de l'évier la veille en allant nous coucher. J'ai nettoyé le verre de M. sans savoir que j'effaçais la dernière empreinte de ses lèvres.

Je donnerais tout pour que ma vie se fige dans ces quelques secondes. Quand il me semblait évident que M. allait revenir, se passant une serviette dans les cheveux, qu'il irait se doucher, enfiler des vêtements secs, puis qu'il m'embrasserait, s'enquerrait de ma nuit – avais-je bien dormi ? Quelle musique voulais-je écouter ? –, prendrait place devant son petit déjeuner, proposerait de cuire des œufs, si j'en avais envie. Quand tout ça me semblait aller de soi. Comme une gamine friquée qui n'imagine pas passer ses vacances d'hiver ailleurs que sur les pistes de ski. C'était normal, je n'envisageais pas qu'il puisse en être autrement. À un moment, distraitement, en dressant la table, j'ai levé les yeux vers le lac. Au début je n'ai pas vu M. parce que je cherchais un corps en mouvement. Mes yeux ont balayé le plan d'eau, l'idée m'a traversée qu'il avait pu partir se promener. Puis j'ai vu cette forme inerte, affleurant à la surface. Il m'a fallu quelques secondes pour réaliser que c'était le dos de M., son visage dans l'eau. Je ne sais plus si j'ai crié. J'ai lâché les assiettes que je m'apprêtais à poser sur la table, me suis précipitée vers la baie vitrée. En courant, écorchant mes pieds nus sur la rocaille de la grève, j'ai fixé son dos, guettant un mouvement, puis j'ai plongé, nagé, beaucoup trop lentement, je suis mauvaise nageuse. J'ai espéré une blague idiote, c'était bien son genre. Un espoir mou, mort-né. Je savais déjà. Je suis arrivée près de lui, l'ai retourné. Il était glacé, comme l'eau du lac. La peau grise, les lèvres presque noires. Je l'ai ramené vers la berge. Là, j'ai joué un rôle, ce que j'avais vu mille fois dans les films. Poser l'oreille sur sa poitrine, les doigts au creux de sa gorge. Il n'y avait plus rien. Je me suis regardée faire les gestes. Il fallait les exécuter, c'était la norme dans ce genre de situation. Position latérale de sécurité, massage cardiaque, bouche-à-bouche. J'avais eu une formation de secourisme obligatoire en tant que prof. Mais je savais qu'il était parti. J'avais trop caressé ce corps, trop joui avec lui, je l'avais trop regardé, trop senti vibrer, rire, dormir, respirer pour ne pas voir qu'il n'était plus là. Il était trop gris, trop froid. Mais je répétais les gestes parce que je voulais jouer l'espoir, encore un peu, faire comme si. Comme si je soufflais sur des braises éteintes en sachant qu'elles ne rougiraient plus. Poser ma bouche sur ses lèvres glacées, mes mains sur sa poitrine. Il m'a soudain semblé effroyablement étranger. Encore un nouveau M. Lui sans être lui. Cette même sensation que lorsqu'on revoit quelqu'un qui a pris du poids depuis la dernière fois qu'on l'a croisé. Il faut du temps pour agréger la personne qu'on connaît, qu'on aime, à ce nouveau corps.

J'ai interrompu le bouche-à-bouche. Quelque chose a lâché à l'intérieur de moi, comme une corde de piano, sectionnant tout sur son passage. Mon corps s'est affaissé sur le sien. Je n'ai pas crié. Je n'ai pas pleuré. Le silence. Tout s'est arrêté. Toutes mes sensations. Juste le silence. La collision avec le réel arrache tout, brise l'entendement, écorche si profondément que les émotions se taisent. Pourquoi mon cœur ne s'est-il pas arrêté lui aussi ?

Au bout d'un temps indéfini, un âne s'est mis à braire, au loin dans les pâturages. J'étais seule désormais.

J'ai toujours cru que je mourrais avant M., je ne sais pas bien pourquoi. Aujourd'hui je réalise que c'est sans doute parce que je souhaitais que les choses arrivent dans cet ordre. Je me suis souvent imaginée lui annonçant mon cancer. Cancer du sein probablement. Une femme sur huit. Ma mère, ma grand-mère, deux de mes tantes. Je l'imaginais poser sa main là, essayer d'appréhender cette mécanique invisible sous ses doigts, les cellules mortelles qui se multiplient en silence, qui œuvrent à m'arracher à sa vie. J'imaginais son chagrin. Je sais qu'il aurait été parfait, présent, courageux. Il vous aurait parlé de nous, probablement, son chagrin trop difficile à dissimuler, le mensonge aurait pris trop de place. Vous auriez compris, j'en suis sûre. Vous auriez attendu ma mort en ayant l'élégance de ne pas vous en réjouir. Vous l'auriez consolé. Et puis voilà. Ça ne me semblait pas trop moche comme issue à notre histoire.

Puisqu'il faut bien que les choses s'achèvent... J'aurais aimé mourir dans ses bras, dans son amour.

Je vous ai déjà raconté comment je l'ai ramené au chalet et comment je lui ai donné un bain. Pour le réchauffer mais aussi parce qu'il était sale. Des petits cailloux, de la vase, des brins d'herbe sèche s'étaient collés à sa peau. Je crois qu'à ce moment-là je pensais descendre chez Jacky en fin de matinée pour le prévenir. Le laisser appeler le médecin, le service funéraire ou je ne sais quoi. Une fois qu'il serait propre, allongé sur le lit, présentable.

Il portait son maillot rouge, moulant, court sur les jambes. Je ne sais pas pourquoi il me faisait penser à un Italien dans ce maillot. Ou plutôt à Alain Delon dans *La Piscine*. C'est ça. Le boxer court m'évoque une autre époque, celle de la lumière jaune, des voix nasillardes et des Martini. J'ai soulevé son bassin pour le lui retirer. Son sexe est apparu, inerte et doux, comme après l'amour. J'adorais embrasser cette masse de chair molle, inoffensive.

J'ai commencé par le hisser dans la baignoire vide, il fallait d'abord que je le rince. Il est si lourd, on ne réalise pas comme la vie allège les corps. Vivant, il semblait toujours se mouvoir avec l'aisance d'un chat.

Mais j'y suis parvenue. J'ai passé le jet doux sur son dos, ses épaules, puis je l'ai allongé. Quand l'eau est montée, ses bras se sont mis à flotter ; je ne sais pas pourquoi, cette image m'a apaisée. Peut-être parce qu'il retrouvait un peu de sa légèreté. J'ai mouillé ses cheveux, fait mousser son shampoing à la pivoine. C'est une chose que je n'ai jamais faite de son vivant. Pourquoi ? Lui masser le crâne, gratter son cuir chevelu. J'ai fermé les yeux, imaginé ses grognements de plaisir. Je suis certaine qu'il aurait aimé ça.

Ensuite j'ai baissé le niveau de l'eau pour pouvoir lui savonner tout le corps. Ses côtes, que j'ai passé tant d'heures à caresser, m'ont paru plus saillantes que d'habitude, sa cicatrice sur la cuisse plus blanche, ses muscles plus secs. Mes doigts tièdes sur sa peau que l'eau du bain ne réchauffait pas. J'ai savonné son sexe comme j'aurais savonné celui d'un enfant, malaxé son corps de longues minutes, gravé l'empreinte de chaque muscle, de chaque os, chaque articulation au creux de ma paume. Pour son visage, j'ai utilisé un autre savon, plus doux, puis l'ai rincé avec une serviette mouillée. Sa bouche entrouverte laissait voir ses incisives supérieures tachées de blanc. J'aimais ces taches, il les détestait. Je suppose que vous les aimiez aussi. Il m'avait raconté leur histoire, peu après notre rencontre. Comme il adorait le goût sucré des comprimés de fluor qu'il chapardait dans la petite boîte rose que sa mère laissait traîner sur la desserte de la salle à manger quand il était enfant. Et comme ça avait provoqué cette fluorose dont il garderait les traces toute sa vie. J'aimais que son sourire rappelle le gamin gourmand et désobéissant qu'il avait été.

Le sortir de la baignoire a été plus compliqué que

de l'y faire entrer, sa peau mouillée glissait entre mes mains. Puis je l'ai traîné jusqu'au lit pour l'allonger et le sécher. « Aussi léger à porter que fort à éprouver », mon cul.

Je l'ai regardé, nu, serein, j'ai pensé qu'il était bien là.

Je ne pouvais pas imaginer laisser des gens entrer, des inconnus qui l'auraient touché, déplacé, il n'aurait pas aimé ça. Ils me l'auraient pris. Je me suis couchée près de lui. Dehors, le soleil éclaboussait le lac et la montagne, dedans il dessinait un carré sur le drap blanc, autour de nos pieds serrés. Je sentais la chaleur des rayons sur ma peau. J'ai pris sa main. J'ai fredonné cette chanson avec laquelle je berçais ma fille quand elle était petite. « L'autre bout du monde », d'Emily Loizeau. Je me suis demandé si M. la connaissait. Sans doute. Il est curieux que je ne le sache pas. Il y avait tant de choses que j'ignorais sur M. Tant Mieux. On ne finit jamais de connaître l'autre. Au début ça m'effrayait, puis j'ai appris à aimer ces parts d'ombre. Je savais l'essentiel.

J'ai chanté longtemps.

Tout à l'heure on a frappé à la porte. Trois coups brefs. Il devait être 20 h 50. J'avais ouvert une nouvelle bouteille de vin, j'étais en train d'en boire un grand verre, le regard cramponné à la surface du lac. J'attendais quoi ? Des excuses ? Le signe d'un remords ? L'indifférence de ce lac m'agace. C'est lui qui s'est introduit dans les alvéoles pulmonaires de M., lui qui a empêché l'acheminement de l'oxygène vers ses cellules, provoquant l'arrêt du cœur, les lésions irréversibles au cerveau. L'évaporation de M. en quelques secondes. Son rire, ses coups de gueule, ses lèvres dans mon cou, sa drôle de démarche keatonienne, ses doigts dansants, sa poitrine, son souffle, sa façon de mordiller ses lèvres avant de se lancer dans un grand raisonnement, sa voix quand il insistait pour me lire un paragraphe ou un article « divin », « brillant », « parfait ». Son regard troublé par l'alcool. Son sexe avant l'amour. Son rire, encore. Ou ses rires, sa panoplie de rires, moqueur, amer, émerveillé ou tendre. Celui des chatouilles, aigu, un peu hystérique. S'il devait y avoir un coupable, je l'avais devant moi, immobile, qui se prélassait sous les rayons obliques du crépuscule. Pas le moindre signe de repentir, ou même de chagrin. J'aurais voulu vous le ramener, comme un gamin fautif, tirer ce lac par le bras, lui faire un procès, vous démontrer que c'est lui qui vous a pris M., pas moi.

Trois coups brefs. J'ai sursauté. Sans m'en apercevoir, je m'étais accoutumée au silence. Depuis deux jours il m'enveloppe, compact comme de l'ambre, fossilisant. Chacun de mes gestes est devenu plus lent, plus doux. Je n'avais pas réalisé que je me déplaçais dans cette maison comme si je craignais de briser quelque chose. Le silence. Les trois coups brefs m'ont fait l'effet d'un vase qu'on fracasse.

J'ai tourné le dos à la baie vitrée, au lac, j'ai ouvert la porte.

Jacky.

Je me suis mise à pleurer. Je ne m'y attendais pas. Je ne m'attendais à rien en réalité. J'avais quelqu'un de vivant en face de moi, ça m'a semblé irréel, comme si, avec la mort de M., le monde avait disparu, la vie s'était évaporée de mon esprit. J'ai pleuré de soulagement sans doute, mais un soulagement douloureux, comme lorsque nos doigts et nos orteils se réchauffent trop vite, la vie a afflué dans mes veines en pulsations lancinantes et je me suis jetée dans ses bras.

Il a fait son Jacky, s'est tu en me serrant contre lui. Sa chemise feutrée exhalait son vieux parfum des années quatre-vingt. Je me demande si on en fabrique encore ou s'il a fait un stock. Il sentait aussi la viande grillée, peut-être qu'il revenait du restaurant. Et puis il y avait l'odeur de José, son terre-neuve, assis juste derrière lui. Une odeur de jambon rance. Comment peut-on vivre avec un chien qui empeste autant ?

Jacky a jeté un œil à l'intérieur du chalet.
— M. n'est pas là ?
— Il se balade.
— Vous vous êtes disputés ?
— On ne se dispute jamais.

C'était presque vrai. Par sagesse ou par déni, on abordait peu les sujets qui fâchent. Il arrivait que je procède à ce que j'appelais des « ajustements », mais ça se traduisait davantage en attitudes qu'en mots : je lui disais ce dont j'avais besoin ou envie, une révolution pour moi, notre relation se transformait un peu, comme une créature polymorphe. Pas une fois en huit ans le ton n'est monté entre nous.

— Qu'est-ce qui t'arrive alors ?
— Je suis fatiguée, j'ai sans doute bu un peu trop de vin, c'est rien.

Chez moi les larmes s'invitent facilement. Jacky le sait. Il m'a déjà taxée de sensiblerie, encore que lorsque c'est arrivé ma douleur était réelle et intense. Jacky peut être un vrai connard quand il veut mais sur ce coup-ci, ça m'arrangeait qu'il avale la thèse de la pauvre quarantenaire stupidement mélancolique.

J'aurais pu lui dire : « M. est dans la chambre, il est mort, j'ai besoin d'aide. » J'aurais pu, et je ne comprends pas bien ce qui m'a retenue. Si je sais, bien sûr, les mains des autres sur son corps.

À cet instant, Jacky croit que M. est vivant, alors j'y crois aussi.

— M. adore se balader seul à la tombée de la nuit. Il doit être du côté du petit barrage. Il va suivre le ruisseau vers l'amont jusqu'à l'endroit où l'eau glacée surgit de la roche, la cluse. Il s'étirera en regardant le ciel orangé. Peut-être qu'il se mettra à trottiner pour redescendre. Il aura les pieds mouillés, alors en rentrant il mettra du papier journal dans ses chaussures de marche.

Mes mots sonnent faux, ils ne s'adressent pas à Jacky, il le sent.

— Ha ha ! T'as vraiment trop picolé, toi !

Heureusement, parfois Jacky est un peu con.

— Tu veux un verre ?

— Avec plaisir.

Je lui ai servi un verre de vin en veillant à ne pas prendre celui que M. a utilisé en dernier, avant-hier soir. Je ne savais pas si je préférais qu'il reste ou qu'il s'en aille.

— Bon anniversaire !

Il a levé son verre.

— Merci.

J'ai fait un effort pour sourire.

– Votre séjour s'est bien passé ?

Le terre-neuve s'est dirigé vers le couloir, vers la chambre.

– Parfait, comme toujours.

Je me suis levée pour vérifier que la porte de la chambre était bien fermée. Elle ne l'était pas. M. semblait endormi dans la pénombre, nu sur le lit. J'ai pensé qu'il avait peut-être froid. J'aurais voulu le couvrir mais j'ai claqué la porte devant la truffe de José. Mon calme m'a surprise. Je suis retournée dans le salon.

– Il s'est toujours pas décidé à quitter sa femme ?

Je suis fatiguée de cette question. Seul Jacky la pose encore. Ma mère, ma sœur, mes amis proches, tous ceux qui sont au courant ont compris qu'il n'était pas question de ça entre nous. Chacun semblait heureux, alors pourquoi changer ? Sauf vous. Vous je ne saurai jamais, mais j'ai appris à m'en accommoder.

Jacky appartient à la vieille génération. Papa-maman-enfant-hortensias-labrador. Ça ne m'agace presque plus.

– Non. Personne ne le lui demande. Pourquoi ?
– Tu vas rester sa maîtresse ? Ça te convient ?
– J'aime pas ce mot mais oui, bien sûr.
– Romain va bien ?
– Oui, aux dernières nouvelles. Je crois qu'il a repris sérieusement le rugby...

José s'est mis à aboyer devant la porte de la chambre. Une fureur sans nom m'a embrasée. Le vin n'y était sans doute pas étranger, la peur non plus. J'ai eu envie de hurler à Jacky de disparaître maintenant.

Que ça n'allait pas de débarquer chez les gens comme ça, de faire entrer son chien qui schlingue dans MON chalet, de boire MON vin, de poser des questions sur MA vie. J'aurais pu frapper. Mais je me suis contenue. Les aboiements du chien ont cédé la place à des hurlements à la mort, comme les loups.

– Qu'est-ce qu'il a, ce chien ?

Il s'est levé et s'est dirigé vers le couloir.

– C'est la première fois que je l'entends faire ça.

Je me suis précipitée derrière lui. Le vin et la fureur me donnaient la nausée. Jacky avait déjà la main sur la poignée de la porte.

– Jacky, non !!!

J'ai vomi. Les lames de parquet sont anciennes, il y a des interstices, j'ai pensé que ça allait être difficile à nettoyer. Jacky a interrompu son geste, est revenu vers moi.

– Ça va ?

Je hais le vomi. Personne n'aime ça, évidemment. Mais je n'ai pas gerbé depuis dix-neuf ans. Je le sais, je me rappelle très bien la dernière fois que ça m'est arrivé. Une cuite à la tequila. L'enfer. Depuis, j'en ai nettoyé des litres, celui de ma fille. Dans son lit, dans la voiture, sur le canapé. Mais moi je ne vomis pas.

– Attends, assieds-toi, je vais nettoyer.

Jacky, le père de tout le monde. Il me fallait un mouchoir. J'avais envie de crever. Je me suis enfoncée dans le velours élimé et j'ai pressé la base de mes pouces sur mes orbites pour atténuer le vertige. Le chien s'est remis à hurler.

— José, ça suffit maintenant !

Jacky l'a attrapé et l'a fait sortir du chalet.

Je me suis entendue gémir :

— Il faudra faire ça avec une brosse à dents.

— Quoi ?

— Entre les lattes du plancher. Il faudra une brosse à dents pour nettoyer. Je le ferai.

— T'occupe, il en a vu d'autres.

Jacky a grommelé. Est-ce qu'il m'en veut de me mettre dans des états pareils à mon âge ? Ou est-ce qu'il est inquiet ?

Le calme est revenu. Le chien s'est tu. Je ne percevais plus que le frottement de la serpillière sur le sol. Un jour moi aussi je serai morte, et des particules de moi me survivront dans ce plancher. Combien de personnes ont vomi dans ce chalet et ne sont plus en vie aujourd'hui ? Est-ce que d'autres sont morts ici, entre ces murs ? Ou dans le lac ? Est-ce que des corps dorment dans ses profondeurs ? Est-ce que leurs esprits hantent ces lieux ? Si j'étais médium, est-ce que je pourrais voir des dizaines de silhouettes pâles flotter sur les eaux noires ? Est-ce que M. va rester ici ? Est-ce que je serai obligée de revenir pour lui rendre visite ? Ou est-ce qu'il redescendra avec moi ? Est-ce qu'il va m'abandonner ?

Jacky m'a apporté un verre d'eau et s'est assis à côté de moi.

— Ça va mieux ?

— Bof.

J'ai pris une profonde inspiration.

— Je crois que ton chien aboie à cause des loirs. On en a entendu dans le plafond.

— Je regarderai ça demain. Endors-toi si tu veux. Je vais attendre le retour de M.

— C'est pas nécessaire, ça va aller. Il est tard, rentre chez toi.

— Je ne te laisse pas seule dans cet état.

— Jacky...

— Mmmmm ?

— Pourquoi t'as pas eu d'enfant ?

— J'en ai plein des enfants !

— Des qui viennent de tes couilles...

— Ha ha !

Silence.

— Ça s'est pas fait, c'est tout. C'est très bien comme ça.

Les yeux toujours fermés, j'ai perçu le tressaillement de sa voix.

— Pourquoi tu m'as demandé des nouvelles de Romain ? D'habitude c'est plutôt toi qui m'en donnes...

— On est un peu brouillés en ce moment.

— Pourquoi ?

Sa voix s'est brisée.

— C'est pas le moment d'en parler. La prochaine fois peut-être...

Je réalise en l'écrivant que c'est sans doute la raison pour laquelle Jacky est venu me voir ce soir. Il voulait me parler de ça.

— Jacky, tu peux y aller, vraiment. M. ne va plus tarder et il ne peut rien m'arriver.

– Pourquoi tu ne voulais pas que j'entre dans la chambre ?
– À cause de la chèvre.
– La chèvre ?
– Notre partenaire sexuelle. Elle nous attend dans sa combi en latex. Mais elle est un peu pudique, tu comprends...
– Bête fille.
– Non, sérieusement, on a peut-être laissé traîner un jouet sur le lit...

Jacky s'est levé d'un bond.
– OK, je veux pas en savoir plus.
– Voilà.

Il a posé sa main sur mon épaule.
– Repose-toi. Embrasse M. pour moi.
– Oui, il ne devrait plus tarder...
– Tu m'appelles s'il y a quoi que ce soit.
– Va t'occuper de ton chien.
– Moi aussi je t'aime.

Et il est parti.

Le crissement de ses pas s'est éloigné sur le chemin cailouteux et le silence est revenu comme de l'eau glacée, m'écrasant, m'empêchant de respirer.

Je suis parvenue à m'arracher du canapé pour tituber vers la chambre, retourner près de M., vous écrire. J'ai peur. Je crois que l'obscurité va m'engloutir. La nuit est tombée maintenant. Le vin cogne contre mes tempes, les relents aigres du vomi me remontent dans le nez. Un vertige de terreur me fait chanceler. Je voudrais avoir la force de sortir, courir, rattraper Jacky, tout lui expliquer, qu'on me sorte de là. Mais rien ne peut me sortir de là. Il faut encore du vin. Plus de vin. Je vais chercher la bouteille, je reviens.

Voilà, j'ai pris un verre aussi. Je m'interdis de boire au goulot. Ça vous arrive de boire au goulot ? Je suis sûre que non. Vous êtes quelqu'un de digne, plus forte que moi.

Je ne vois pas bien ce que j'écris, j'essaie de me placer sous la lumière de la lune, je n'ose pas allumer, ça serait pire. Comme une lampe-torche dans la forêt la nuit. Je déteste la forêt la nuit. Les ténèbres qui s'étendent autour de moi. Les créatures aux gueules de reptiles et aux yeux fluorescents qui m'observent. La lumière fait de nous des proies faciles.

Si on me jetait dans une forêt maintenant, si je n'avais plus le droit de revenir, plus de foyer, plus de lit sec et chaud, plus de murs protecteurs, juste un tapis de feuilles mortes et de branchages humides, les bruissements, les cimes grinçantes, le vent cruel, l'obscurité opaque, je serais terrifiée. Mais tout s'apprivoise. Des gens l'ont fait. Des gens ont vécu dans la forêt, ils se sont habitués. Des gens ont vu mourir la personne qu'ils aimaient, ils se sont habitués. Peut-être que si je reste allongée là, près de M., les choses finiront par s'améliorer. Peut-être que je suis en train de vivre le pire.

Encore du vin. Pour faire passer le pire. Ça ira mieux demain.

J'ai dormi presque trois heures à côté de M. Je crois que maintenant je sais qu'il est mort. Je veux dire, en me réveillant je n'ai pas ressenti le choc d'hier, mon sang aspiré hors de mon corps en revenant à la réalité, ce cri intérieur. Mais la conscience de sa mort a laissé la place à autre chose, une chute infinie. Sans M. le monde n'est plus le monde. Les années qu'il me reste à marcher sur cette planète seront fades, trouées, peuplées de son absence. Il n'y aura plus personne à aimer. Ma fille, ma mère, ma sœur ne suffiront pas. Plus personne ne suffira jamais. Le lit m'aspire, les draps collent à ma peau, semblent vouloir m'absorber.

Il faut partir. Il est même urgent de partir. Je ne dois pas croiser Jacky. Normalement, quand l'heure est venue de quitter le chalet, M. et moi redescendons à l'hôtel pour lui rendre les clefs. Il nous propose un café, on accepte, et on prend la route en fin de matinée. Aujourd'hui, je les jetterai dans la boîte aux lettres avec un petit mot d'excuse. Je trouverai bien quelque chose pour justifier notre départ à l'aube.

Je parle à M. Il ne faut pas qu'il s'inquiète, tout va bien se passer, je ne l'abandonnerai pas. Je caresse ses sourcils, ses paupières.

Ses yeux étaient fermés quand je l'ai trouvé dans l'eau, j'ignore ce que ça peut signifier. J'ai l'impression que sa peau ramollit. Sur sa nuque, à l'arrière de ses bras et de ses jambes des taches sombres se sont formées. Son visage s'efface, ça n'est plus exactement lui, comme si la vie en le quittant avait vidé sa chair, il semble à la fois plus jeune et plus vieux. Mais j'ai besoin de l'embrasser encore, je me suis habituée à sa froideur, mes lèvres parcourent ses pommettes, son front, sa bouche, à la recherche d'un souvenir, d'une sensation. Je pose ma joue sur sa poitrine, mes doigts s'attardent sur le galbe de son quadriceps, endurci par des heures de natation. Ce muscle qui l'a emmené partout, instrument de sa liberté, grâce auquel il a marché jusqu'au lac, dans l'aube laiteuse, il y a deux jours à peine. M. racontait qu'il ne se sentait jamais aussi libre que dans l'eau. Les bruits du dehors étouffés, la gravité déjouée, son corps glissait hors du monde. Il m'arrivait de l'accompagner à la piscine parfois. Je restais, assise au bord, à le regarder. Je n'aime pas nager. Mais je raffolais de voir son corps bouger, jubiler.

Je lui murmure que, d'une certaine façon, il a de la

chance. Il ne connaîtra pas cette peur humide qu'on lit dans le regard des vieux. Il n'entendra jamais la voix terne du médecin – « La biopsie n'est pas bonne » –, il n'assistera plus aux funérailles d'aucun ami, ni à celles de sa mère, il ne sentira pas fondre ses muscles, ses os devenir aussi fragiles que du bois sec, ses articulations se raidir, il ne verra plus le monde brûler, l'avenir de son fils s'assombrir. Je sais bien qu'il n'est pas d'accord. Si son esprit se balade autour de moi dans cette pièce, sans doute s'énerve-t-il. Comment puis-je penser une chose pareille ? Quarante-six ans c'est trop jeune, c'est monstrueux, c'est injuste, lui qui n'a jamais fumé ou presque, lui qui faisait dix heures de natation par semaine, lui qui était végétarien. Je sais, mon amour, je sais tout ça, mais il n'y a ni sens ni justice à chercher et je fais ce que je peux et ce n'est vraiment pas le moment de se disputer, alors si tu veux bien restons sur les yeux des vieux, sur ce cancer que tu n'auras pas, ou sur mon cancer que tu ne devras pas supporter ou sur l'éventuel accident de voiture qui laissera ton fils infirme, essayons de voir le bon côté des choses. Essayons d'être positifs.

J'ai terminé la bouteille de vin avant de dormir. J'en aurais bien repris un verre. Qu'est-ce que je vais faire de tes affaires ? Ta valise est là, éventrée par terre, comme tu l'as laissée. Ta brosse à dents sur le bord du lavabo. Je vais la ranger dans ta trousse de toilette. Je suis intimidée par ces gestes que je n'aurais jamais accomplis de ton vivant. Plier tes vêtements. Je plongerai le nez dans ce tee-shirt noir, élimé au col, que tu portais encore il y a trois jours. Tu l'avais mis dans ton petit sac à linge sale. L'odeur douce de ta sueur mêlée à celle de ton parfum, de ton déodorant, mélange de lavande, de sauge, d'agrumes. Ces particules de transpiration sont là, parce que tu les as sécrétées, parce que tu étais vivant. Je poserai ce tee-shirt dans ma valise. Lui aussi je me l'approprierai. Je ne sais pas encore ce que je ferai de tes affaires, mais dans le doute je sauverai au moins cette relique-là. Ton téléphone a fini par s'éteindre. Je le garderai près du mien, dans mon sac à dos. Tes chaussures de marche crottées dans l'entrée témoignent que tu étais vivant. Tout témoigne. Le chalet aussi. Des nuits qu'on a passées ensemble, des films qu'on a regardés, de nos jeux, nos paris idiots, nos fous rires d'ivrognes, nos promesses, nos mensonges. Il sait, il n'oubliera pas. Je voudrais y mettre le feu.

Il faudra vider le frigo aussi. Ce cappuccino-noisette glacé immonde que tu aimais boire en voiture. Tu en prenais un pour l'aller et un pour le retour. Toujours. Alors que c'était moi qui conduisais. Tu aimais me regarder conduire, je n'ai jamais bien compris pourquoi. Tu me faisais la lecture. Des passages de romans, des articles, des nouvelles. Des nouvelles, souvent. J'aurais pu faire le tour de la planète comme ça. Parfois tu choisissais quelque chose d'abominablement mauvais, juste pour voir à

quel moment j'allais froncer les sourcils et oser un :
« Ah, c'est pas mal mais tu n'as pas autre chose ? »
Cette fois, pour l'aller, tu m'avais lu *Pas dans le cul aujourd'hui*, la lettre d'amour incroyable de Jana Černá à Egon Bondy. J'aperçois le petit livre qui dépasse de ton sac à dos au pied du lit. Il faudra que j'y range tes lunettes de soleil. J'ai cette sensation poisseuse de m'apprêter à ranger une maison après un anniversaire, rassembler les cadavres de bouteilles, vaguement honteuse. Décrocher les lampions. Une fête interrompue trop tôt, par des voisins chiants, des flics ou des parents.

Je ne sais pas ce que je vais faire de la bouffe, je ne sais pas ce que je vais faire de la poubelle, dans laquelle les restes d'une tranche de melon gardent l'empreinte de tes dents. Ce sont les tiennes, aucun doute, je déteste le melon. Tu l'adorais.

Mon amour.

J'ai eu peur de le brutaliser en le déplaçant. Je n'aurais pas pu, j'aurais été obligée d'appeler à l'aide. Heureusement son corps est redevenu mou, après la rigidité d'hier. D'abord il a fallu le rhabiller. Ça m'a pris un temps considérable. Le caleçon – un boxer bleu nuit que votre fils lui avait offert à Noël – pour lequel j'ai dû lui soulever le bassin. J'adorais l'observer se rhabiller au moment de me quitter. Ce geste qu'il faisait d'une main, pour positionner correctement son sexe et ses testicules dans son caleçon. Un geste expert, mille fois répété, que j'ai essayé de reproduire au mieux, sans conviction. Je n'ai pas eu envie de m'attarder sur son sexe froid. J'ai pris un tee-shirt propre, au hasard, en réalisant que j'ignorais lequel il aurait choisi. Ils sont tous gris, unis, mais il doit bien y en avoir un dont l'échancrure du col, la douceur du fil, la longueur avait sa préférence... Je me suis assise à califourchon sur ses hanches, puis j'ai passé sa tête dans le col, sans trop de difficulté. Ça m'a rappelé les premiers jours de Nina, quand je craignais de lui briser la nuque chaque fois que je lui enfilais une grenouillère.

J'ai glissé ses bras dans les manches, avec cette appréhension absurde de le blesser, lui froisser un ligament ou lui luxer l'épaule. Impossible de m'habituer à ce corps sans douleur. Quand j'ai soulevé son torse son nez s'est rapproché de mon visage, et c'est là que j'ai senti l'odeur pour la première fois. Une odeur que je ne lui connaissais pas, évidemment, mais que j'avais déjà sentie chez un de mes collègues à l'haleine, disons, originale. Le gars que j'évite de croiser le matin à jeun, le gars grâce auquel je garde une condition physique d'athlète à force d'utiliser les escaliers, de peur qu'il m'ait précédée dans l'ascenseur. Comme une ombre persistante, son haleine le suivait, grasse, acide. J'en étais venue à penser qu'elle possédait une existence propre, vicieuse. Elle se répandait et résistait aux bourrasques hivernales qui s'engouffraient par les fenêtres de la salle des profs que, par un accord tacite, nous avions convenu de laisser ouvertes en toute saison. Et comme la plupart des gens qui souffrent d'halitose – j'ai appris que c'était le terme médical pour désigner la mauvaise haleine –, ledit collègue se montrait à la fois tragiquement bavard et peu regardant sur les distances sociales, ce qui, de loin, pouvait donner des scènes tragicomiques, où l'on voyait une collègue marcher à reculons à mesure qu'il s'avançait vers elle, comme s'il la menaçait d'un couteau. Je m'étais souvent interrogée sur la nature de cette puanteur, maintenant je sais. C'est le parfum de la décomposition, du bal des bactéries qui prennent le pouvoir sur la chair. J'ai enfoui mon visage dans son tee-shirt, près de son épaule, je ne veux pas que ce souvenir s'imprime, je ne veux pas associer M. à cette odeur. Puis je lui ai enfilé un short court, celui qu'il avait découpé dans le jean qu'il portait le soir de notre rencontre, quand celui-ci était devenu trop vieux. J'ai glissé sa montre à son poignet. Un peu de gel dans ses cheveux. Il aimait leur donner du poids, surtout quand ils venaient d'être lavés. Un peu de parfum et de déodorant. Je l'ai enveloppé dans la couette légère qui garnissait notre lit. La housse vient de chez Ikea, je l'ai vue tant de fois chez des amis, de grands carrés orange, pourpre, jaune, rouge, rose. J'aurais aimé faire plus original. Ou du blanc, simplement. Je me suis servie de la couette pour le faire descendre du lit, délicatement, comme ils le font dans les hôpitaux, à ceci près que dans les hôpitaux ils sont deux, alors j'ai commencé par le haut de son corps, ses épaules et sa tête, puis son bassin et ses jambes. Après j'ai tiré la couette sur le parquet du couloir, du côté de ses pieds, pour pouvoir regarder son visage.

Je suis certaine de l'avoir vu sourire. Quand ma fille était petite, elle adorait ce jeu. Elle se couchait sur un plaid et je courais de la cuisine au salon. Elle riait de ce rire de tout-petit, sur la crête entre peur et joie. M. a souri donc, j'en suis certaine, les bras le long du corps, la tête penchée vers la gauche.

J'ai amené la voiture devant la porte du chalet. L'allonger sur la banquette arrière a été beaucoup plus difficile, il glissait de la couette, alors j'ai dû passer mes bras sous ses aisselles, le haut de son dos contre ma poitrine, mon visage dans son cou, agenouillée sur le siège.

Mes forces m'ont quittée. La joie du couloir m'a quittée. Je n'étais pas en état de déployer cet effort. Je me suis mise à sangloter. Il était si lourd. Si inerte. Si incapable de m'aider. Mais je n'avais pas le choix. Il me disait toujours que j'étais forte. Physiquement forte. Et c'est vrai. Pour une fois que j'éprouvais un besoin vital de cette force, je ne pouvais pas la laisser me faire défaut. J'ai utilisé tout ce que je pouvais, mon dos, mes bras, mes cuisses, mon ventre, et le corps de M. a glissé doucement. Je l'ai tiré jusqu'au bout de la banquette, j'ai soulevé ses épaules pour placer un oreiller sous sa nuque, puis j'ai replié ses jambes et refermé la portière. Je n'ai pas rabattu la couette sur lui. Je voulais qu'il puisse profiter du vent par les fenêtres ouvertes. Il était 6 heures. Le jour se levait. J'ai chargé nos valises dans le coffre, la poubelle que je jetterais dans la vallée. J'y avais finalement laissé la tranche de melon. Je devais accepter que certaines choses disparaissent. En revanche, j'ai emporté la tasse dans laquelle il avait bu son dernier café avant d'aller nager. Dans une enveloppe j'ai glissé un petit mot à Jacky, m'excusant du départ matinal, prétextant une urgence au boulot de M. nous obligeant à reprendre la route plus tôt que prévu. Je m'excusais également pour la couette, l'oreiller et la tasse, et promettais un virement pour le dédommager. J'ai démarré, emprunté la route qui menait vers le lac d'en bas, sans savoir où aller.

Aujourd'hui, c'est le jour où vous vous attendez à voir M. rentrer. Aujourd'hui, si je ne fais rien, vous allez commencer à vous inquiéter. Il faut que vous sachiez. Je voudrais que les choses soient plus simples. Mais rien n'est jamais simple avec la mort. Ou rien n'est jamais simple tout court. Je sais bien que c'est injuste. Ce que je fais est injuste pour vous. Vous n'avez pas mérité ça. Mais c'est juste pour moi. Est-ce qu'il existe un point de convergence quelque part ? Une situation qui soit juste pour nous deux ? Peut-être. Si vous acceptiez de m'inclure dans le parcours funéraire de M. C'est drôle cette formule, « parcours funéraire ». Comme si on parlait de « parcours scolaire ». Déformation professionnelle. Donc si vous acceptiez de m'inclure. Mais rien ne vous y obligerait. Je me mets à votre place. Mon mari, mon mort. C'est normal.

Peut-être qu'il existe une autre voie... Je cherche encore.

Je crois que je vais commencer par vous envoyer ces quelques pages. Aujourd'hui. Vous devriez les recevoir demain. Ou alors quelque chose de plus court ? Un mot ? Je crois que j'ai écrit un peu n'importe quoi, surtout quand j'étais saoule, et j'ai été souvent saoule depuis deux jours. Mais au moins avec ça vous avez tout. Je crois que ces pages vous montrent que M. vous aimait. Et puis, surtout, vous voyez qu'il est bien traité. Je m'en occupe comme il faut. Je fais de mon mieux. Là je me suis arrêtée au bord d'une de ces routes qui serpentent à flanc de montagne. Un panorama, une table en arc de cercle reprenant une photo délavée du paysage avec quelques explications sur les sommets qu'on peut y voir. L'aurore colore les nuages d'un dégradé de pêche et de rose. M. semble serein à l'arrière. Il voyage encore un peu. Normalement, à l'heure qu'il est il devrait se trouver dans la chambre froide d'un funérarium.

Je lui mets « Isn't It a Pity » de Nina Simone. Je crois que c'est la musique qu'il aurait choisie pour accompagner ce lever de soleil. Trop triste pour des funérailles, parfaite pour l'aube. Voilà, je vous laisse ici.

Deuxième lettre

Mercredi 4 mai 2022. C'est l'anniversaire de la mort de M.

Ça fait un mois. Je ne vous apprends rien.

Il m'est toujours impossible de raconter à mes proches les quelques jours qui ont suivi sa mort. Ma sœur essaie de m'aider, elle m'héberge, tente de me faire parler, m'encourage à manger. Je passe mes journées enfermée dans l'obscurité de sa « chambre d'amis ». Il s'agit plutôt d'un bureau encombré d'archives vidéo et de livres, un vague canapé-futon constellé de taches suspectes jeté dans un coin, un rai de lumière trouble s'immisçant entre les pans d'un rideau déchiré.

Ce matin je me suis levée avec cette pensée ; ce n'est pas à ma sœur, ni à ma fille, ni à une psy que je dois parler. Ce récit ne m'appartient pas. Pas tout à fait. Le récit de M., de notre histoire, c'est à vous que je le dois. J'ignore ce qu'a été votre vie depuis un mois. J'ignore les hypothèses que vous avez pu échafauder. Je crois que la vérité est toujours plus douce que les fantasmes.

Cette pensée m'a aidée à me lever et à reprendre ce carnet.

Je ne suis pas certaine, à ce jour, d'avoir pleinement saisi ce qui m'est arrivé, ni ce qui m'a conduite à agir comme je l'ai fait. Certains matins tout me semble limpide, résultant d'une logique évidente, ruisselant au gré des forces extérieures, de mon désespoir, de mes atavismes. À d'autres moments je me vois comme un monstre, une créature que je ne reconnais pas, qui m'aurait possédée dans un moment de vulnérabilité. Mais je crois que cette dernière image vient du regard des gens, de ceux qui ne me connaissent pas, de ce que j'ai pu lire depuis mon retour dans la presse, sur les réseaux.

J'ai fait ce que je pouvais, comme la plupart des gens.

Tout ce que je possède, tout ce que je peux vous offrir pour tenter de rétablir une forme d'équilibre, c'est la vérité. Je suis seule à en détenir la clef à présent, alors la voici. À vous de décider ce que vous en ferez, de lire ce qui va suivre ou non, je ne cherche pas votre pardon, il n'y a pas de morale à cette histoire. Tout ce que je sais, c'est que je vous dois les faits. Je vais donc m'attacher à les relater pour vous, et sans doute aussi pour moi, avec toute la précision dont je suis capable. Ils m'emmèneront sur des territoires obscurs, dans les marécages de ma conscience, mais aussi, et pour quelques secondes encore, contre la peau de M.

Je dois donc reprendre là où je vous ai laissée. Sur le panorama.

Il y avait une boîte aux lettres. J'y ai jeté les quelques pages arrachées à mon carnet, sans réfléchir, sans les relire. D'ordinaire, la peur de commettre des erreurs m'empêche d'agir. Ici, le sentiment d'être en train de faire la pire connerie de ma vie m'a libérée. Je n'étais plus à ça près.

Écrire votre adresse sur l'enveloppe m'a fait l'effet d'une transgression de plus. Depuis ma rencontre avec M. je fais des détours pour ne jamais passer dans votre rue, devant votre maison. J'étais allée voir au début, par curiosité, et le sentiment de malaise qui m'avait saisie en empruntant votre rue m'avait empêchée d'approcher. Je sais que vous vivez dans une maison à la façade jaune et aux volets noirs. Des châssis de fenêtre en aluminium gris. J'avais regardé sur Street View, et même là je m'étais sentie indiscrète. C'était votre territoire. On se cherche une morale où on peut.

Une rue banale, une maison presque moche abritaient l'homme que j'aimais et sa famille. Je connaissais l'adresse par cœur, tout en croyant que je n'en ferais jamais rien. Je me trompais. Ce mercredi 6 avril, je traçais les lettres et les chiffres sur une enveloppe. Et ça me semblait aussi intrusif que de me glisser dans votre chambre en pleine nuit.

Mon téléphone s'était remis à capter. Beaucoup de messages. Ma mère, ma sœur, Romain, plusieurs amies.

Ma fille : « Joyeux anniversaire ! J'espère que ça se passe bien là-haut ! Biz à M. »

J'ai répondu : « Merci mon chat. Tout va bien ? » Je m'interdis d'utiliser les abrégés, genre « tvb » ou « cv » ou « cc ». Je ne sais pas bien pourquoi, ça doit vouloir dire que je suis vieille.

Je me suis tournée vers M., me suis agenouillée sur mon siège pour l'embrasser.

– Tu as un gros bisou de Nina.

J'ai visé les lèvres, même si ce n'est pas l'endroit qu'elle aurait choisi. Ils se connaissaient un peu tous les deux. J'avais expliqué la situation à ma fille, simplement. Je crois qu'elle avait été un peu soulagée. Elle me croyait célibataire depuis des années. Elle pensait peut-être que j'avais renoncé à l'amour. Je n'avais pas envie qu'elle grandisse avec ça. À force de voir M. passer boire des verres à la maison, à force de m'entendre parler de lui, elle avait fini par poser des questions.

Elle l'aimait beaucoup. Peut-être parce qu'elle me voyait heureuse. Peut-être aussi parce que M. n'a jamais représenté une menace pour notre petit univers. Nina aimait passer du temps seule avec moi. Elle avait cinq ans quand j'ai quitté son père, je crois qu'elle redoutait que je lui impose un beau-père, des demi-frères, ces choses-là. J'avoue avoir essayé au début. Pour des raisons économiques, essentiellement. Un loyer avec un seul salaire, c'est compliqué. Je ne pouvais pas me permettre un appartement trois pièces. Alors je m'étais installée avec Hugo, ça n'avait pas duré longtemps. Cette relation n'avait pas survécu à ma rencontre avec M.

Après ça, Nina et moi avons partagé la même chambre dans un petit appartement du centre-ville. Et puis, quand elle a grandi, j'ai migré vers le canapé du salon.

Chez Romain elle a une grande pièce à elle, sous les toits. Depuis quelques années maintenant, elle ne dort plus chez moi. Elle vient manger, puis rentre chez son père. C'est plus confortable pour tout le monde. Mais ça me manque de ne plus la voir au petit déjeuner, son long corps maigre dans un tee-shirt trop grand, l'entendre râler parce qu'il n'y a plus de café.

Elle travaille avec son père, ils font de l'aménagement de jardins. Je ne sais pas bien pourquoi, elle ne veut pas qu'on dise « jardinière ». Je dois dire « entrepreneuse de jardins ». Moi j'aime bien « jardinière », même si ça fait un peu pot de fleurs.

L'université n'était pas une option, Nina a toujours détesté l'école. Ça me va. Je crois même que ça me rassure. J'aime l'idée qu'elle sache manier des outils, qu'elle connaisse le nom des plantes, des insectes, des oiseaux. Qu'elle passe ses journées dehors, avec son père. Qu'elle pense à mon anniversaire. Je crois que ça veut dire que, d'une façon ou d'une autre, nous avons bien fait.

J'ai copié-collé « Merci, bisous ! » à ma mère, à ma sœur, à Romain et aux autres, puis j'ai éteint mon téléphone.

La peau couleur cendre, les lèvres noires, M. semblait attendre que je prenne une décision. Qu'est-ce que j'allais faire de lui ?

J'ai coincé deux tee-shirts en haut des vitres arrière pour les occulter. Une observation sommaire de son visage suffisait à comprendre qu'il était mort maintenant. Je me suis mise à rouler, sans savoir où aller. J'avais besoin de mouvement.

Sur la route, des familles, des enfants à casquette, des chiens heureux, des vélos sur les toits des voitures. Je n'ai pas quitté la montagne. Je ne connaissais pas encore l'endroit parfait pour M. mais je savais que ce ne serait pas la ville. Il lui fallait un lieu sauvage. J'errais sur ces routes sinueuses. Je suis montée le plus haut possible, jusqu'à une station de ski moche, contrefaite, comme toutes les stations de ski, puis je suis redescendue. J'ai ouvert les fenêtres à l'avant. J'avais du mal à me l'avouer mais l'odeur qui provenait du nez de M. commençait à flotter dans la voiture. C'était léger, presque un peu sucré, mais bien présent.

Je me suis arrêtée dans une station-service au bord d'une petite route qui serpentait vers la vallée. Jolie, désuète, la station, je me suis sentie très loin de chez moi tout à coup. Sur un autre continent ou dans un autre temps. De l'autre côté de la route, une épicerie. J'ai laissé M. quelques minutes, il me fallait des provisions.

Je savais que vous alliez recevoir ma lettre et j'ignorais quelle serait votre réaction. J'ai supposé que vous alliez appeler la police, j'aurais fait pareil à votre place. Allaient-ils prendre tout ça au sérieux ? Allaient-ils lancer des recherches ? Combien de temps allaient-ils mettre à retrouver Jacky, l'hôtel du Lac ? Aucune idée. Combien de temps leur faudrait-il pour m'identifier ? Pour lancer une recherche sur ma plaque minéralogique, localiser mon portable ? Aucune idée non plus. Il leur faudrait sans doute plusieurs jours. Mais je préférais être prudente.

J'ai pris du vin, le blanc sec du coin avait tenu ses promesses jusque-là. Des brioches industrielles, un cappuccino glacé pour M. Des briquets, de la ficelle, je ne savais pas bien pourquoi. J'ai toujours aimé avoir des objets de survie élémentaires à portée de main. Je crois que ça date d'une présentation de la Croix-Rouge à laquelle j'avais assisté un jour avec Audrey. Elle m'avait traînée dans une grande expo, je crois que c'était à l'occasion de la COP21. Un homme expliquait les réflexes à avoir en cas de catastrophe, quels objets emporter si on devait quitter sa maison précipitamment. Il restait évasif sur la notion de « catastrophe », inondation, incendie, accident nucléaire, guerre, les conséquences du réchauffement climatique étaient imprévisibles. J'avais retenu

« un rouleau de sacs-poubelle, des briquets, de la ficelle ». Il y en avait certainement d'autres. J'y ai souvent repensé depuis.

À la caisse, ils vendaient des petits castors en peluche. Ma gorge s'est tordue. « Mon castor », je l'appelais comme ça parfois. On avait ce jeu idiot, quand on s'envoyait des messages, qui consistait à inventer le surnom le plus ridicule pour l'autre. « Mon albatros de Central Park », « ma girafe du Brésil », ce genre de trucs... Avec le temps, deux animaux s'étaient imposés. La loutre pour moi, le castor pour lui.

Il se trouve que j'ai appris, avec un certain soulagement, que Sartre appelait Beauvoir « Castor ». Au-delà de la coïncidence, j'ai été rassurée de constater que le statut de stars intellectuelles ne protégeait pas des surnoms animaliers ridicules. J'ai acheté la peluche.

Un jour, Nina m'a raconté qu'elle avait visité un barrage dans la région. Chaque été elle venait ici en vacances avec Romain, dans le chalet prêté par Jacky. Elle devait avoir treize ou quatorze ans et son père l'avait emmenée faire de la plongée dans le lac artificiel. Au fond, les vestiges d'un village sacrifié pour la construction du barrage. Elle m'avait raconté son émerveillement mêlé d'effroi lorsqu'elle avait parcouru les rues, visité l'école et l'église englouties. Elle avait regardé les façades en se demandant ce qu'elle aurait ressenti si elle avait grandi là, si sa chambre d'enfant avait été noyée. Si l'arbre sous lequel elle avait échangé son premier baiser, le banc qui l'avait vue pleurer ses premiers chagrins, le cimetière qui abritait ses grands-parents, si tout ça avait disparu sous la surface opaque d'une centrale hydraulique.

Elle m'avait raconté ça avec une mine grave, que je ne lui avais jamais vue. Quelque chose avait changé en elle, une porte s'était ouverte, la conscience de l'anéantissement. Les jours suivants, elle m'avait semblé plus rieuse, plus drôle. Elle me ressemble pour ça. Je ne ris jamais autant que quand je me rappelle la fragilité de la vie, comme s'il était urgent de trouver de la distance, de créer un champ de force.

Je me suis mise à rouler vers le barrage en rêvant d'un brasier flottant, comme j'ai dû en voir, je ne me souviens pas bien où, sans doute un film ou un documentaire sur des îles lointaines. Des gens en pagne sur une plage, confiant leur mort à l'océan, sur un radeau qui s'embrase en s'éloignant vers l'horizon, entouré de fleurs rouges prétentieuses. Je suis arrivée dans la vallée, ai pris un nouveau versant. Est-ce que j'étais prête à brûler M. ? Je ne voulais pas qu'il pourrisse, je ne voulais pas l'enterrer, ni le faire disparaître au fond d'un lac. J'aurais eu l'impression de l'abandonner. Je préférais rester près de lui jusqu'au bout. Si j'avais pu lui tenir la main pendant qu'il brûlait, je l'aurais fait. M'allonger près de lui, me consumer, mélanger nos cendres.

Non, je n'ai pas eu envie de mourir. C'est sans doute pour ça que c'était si douloureux. La vie me brûlait les veines. L'alcool de la nuit s'était presque entièrement dissipé, et je n'aimais pas ça. La réalité retrouvait ses angles nets.

L'horloge de la voiture indiquait 10 h 34 lorsque je me suis garée sur un autre panorama, face à celui de ce matin. Les mêmes longues-vues, la même table en arc de cercle, les mêmes explications, les mêmes familles. J'ai ouvert une bouteille de blanc, remis Nina Simone. J'avais oublié d'acheter un verre alors j'ai bu au goulot. Les premières gorgées ont noyé la migraine qui me rongeait les tempes. Mon estomac vide n'allait pas apprécier cette marée acide mais j'avais autant envie de manger des brioches que d'avaler de l'ouate. Je n'ai pas été saoule tout de suite. Ou alors très légèrement. Je n'ai jamais été capable de boire de grandes quantités, je crois que je perdrais connaissance assez vite. J'aurais aimé rester sur ce panorama, à boire dans ma voiture, écouter de la musique, parler à M., mais les familles sont arrivées en masse, effervescentes, insipides.

On semblait s'être donné rendez-vous là pour manger, pisser, faire vomir un enfant. Ou, pour les moins chanceux, nettoyer le siège auto à grand renfort d'essuie-tout.

Il n'était pas midi et déjà la poubelle dégueulait son trop-plein.

Je me suis surprise à jalouser l'insouciance de ces gens. Nous n'appartenions plus au même univers. Je les regardais à travers une vitre sale, un brouillard. Comme si je ne pouvais plus les toucher, observant leur monde criard depuis une dimension parallèle, dévastée. Même les sons me parvenaient comme assourdis. J'aurais voulu les appeler à l'aide, qu'ils m'attrapent par la main et me ramènent de leur côté. Il me paraissait évident qu'ils ne m'entendraient pas si je criais. J'ai essayé. Un long hurlement aigu, sauvage. Les visages se sont tournés vers moi, les enfants saisis, les adultes inquiets ou déjà outrés.

J'ai démarré en trombe.

Sur la route j'ai pris de la vitesse, jetant des regards paranos dans le rétroviseur. Personne ne m'a suivie. Ils avaient autre chose à faire.

J'ai repris mon trajet vers le barrage. Il était 12 h 34. Ces journées me semblaient infinies. Avec M. elles étaient toujours trop courtes. Au début on se retrouvait le matin, vers 9 heures, et on ne se quittait qu'à 17 heures. J'appelais le lycée, prétextais une indisposition quelconque. Lui, il déléguait le boulot à ses collègues, inventait un déplacement imprévu.

Je pensais que ça ne durerait pas, le sentiment d'urgence nous rendait imprudents, fiévreux. Nos huit heures s'évaporaient si vite que ça me mettait en colère. Comment une journée de cours pouvait-elle être si longue, une journée d'amour si courte ? Pourquoi n'avait-on aucun contrôle sur le temps ?

Le barrage était une mauvaise idée. Je ne sais pas pourquoi j'avais imaginé une plage déserte, des rondins de bois qui n'attendraient que moi et ma ficelle pour se transformer en radeau. Pourquoi pas des allume-feu tant que j'y étais ?

Retenue par une interminable falaise de béton, l'étendue d'eau d'un turquoise sombre s'étirait jusqu'à disparaître entre deux sommets. Au milieu, le clocher de l'église se dressait encore à quelques mètres au-dessus de la surface. Sur le sable tiède, des parents avachis, des enfants impatients. Les plus téméraires entraient dans le lac trop froid, plongeaient depuis les pontons, glissaient sur des toboggans en plastique, laissant derrière eux un sillage irisé de crème solaire.

Je me suis assise à l'écart, la bouteille de blanc dans mon sac. J'imaginais les turbines au fond du lac. Et si elles s'emballaient ? Si soudainement elles aspiraient tout le monde, broyant les corps entre leurs pales métalliques ? Si le lac devenait rouge ?

Je ne sais même pas s'il y a des pales, ni à quoi ressemble une turbine, je ne sais rien.

J'avais laissé la voiture sur un petit parking, à l'ombre, replié la couette sur M., personne ne pouvait le voir. J'avais besoin d'être loin de lui, juste pour une heure ou deux. Je ne voulais pas le laisser seul, mais il me fallait un peu d'air. J'ai repris une gorgée de vin en observant une famille à quelques mètres de moi, papa, maman, deux petites filles, standard. La femme, enceinte, semblait épuisée. L'une des petites lui a réclamé à manger, elle a ouvert une boîte en plastique, de laquelle elle a sorti des quartiers d'orange. La petite en a entamé un puis s'est mise à pleurer parce qu'il y avait du sable. La mère lui a nettoyé les mains avec des lingettes, que de loin je devinais en coton lavable, puis a ouvert une autre boîte avec des kiwis. « J'aime pas les kiwis. » L'autre gamine, un peu plus jeune que sa sœur, a voulu aller aux toilettes. La mère a jeté un regard fatigué vers le lac, dans lequel son mec se les gelait depuis trop longtemps. Il s'était éloigné vers le ponton, hors de portée de voix. Pas con. Elle a soupiré, a soulevé son ventre plein, pris ses deux héritières par la main. La petite qui ne devait pas faire pipi s'est mise à chouiner parce qu'elle ne voulait pas les accompagner. La mère lui a expliqué qu'elle ne pouvait pas la laisser seule sur la plage, sans surveillance, mais la gamine s'en foutait, elle avait un château fort à terminer, sa colère s'est muée en cris, puis en pleurs, puis en jet de sable dans les yeux de sa sœur, qui s'est mise à pleurer aussi. L'effort surhumain de la mère pour ne frapper personne. Comment faisait-elle ? Et pourquoi s'infligeait-elle ça ? Ce moment sur la plage, ces vacances, on les lui avait vendues comme une récompense, l'aboutissement de plusieurs mois de labeur, passés à occuper un poste qui, j'en aurais mis la main au feu, ne lui plaisait même pas. Et son mec inutile, en train de barboter comme un abruti. Comment faisait-elle pour ne pas le détester ? Elle le détestait, j'en avais la certitude. Elle ne se l'avouait pas encore, c'est tout.

J'aurais voulu lui proposer d'échanger, le cœur de son mec s'arrêtait et celui de M. se remettait à battre. Je suis sûre qu'elle aurait accepté.

Le soleil me brûlait la peau des jambes, je ne le sentais pas à cause du vent frais, mais elles prenaient une teinte écarlate. Mes épaules aussi. J'allais le payer le soir même. Et le lendemain. J'avais envie de douleur.

La bouteille de vin presque vide, je me sentais seule, encore.

Les huit années qui s'étaient écoulées depuis ma rencontre avec M. m'avaient éloignée de ma sœur, Audrey. Bien sûr on s'était vues, mais ça venait d'elle, c'était son initiative. Si elle n'appelait pas, on pouvait rester des semaines sans se parler. Je crois qu'elle m'en voulait un peu pour ça. Elle a toujours pensé que nos relations avec les hommes ne devaient pas empiéter sur notre relation à nous. Elle avait raison sans doute. J'ai l'impression que c'est facile pour elle. Aimer les gars tout en les tenant à distance. Ne jamais se perdre, tout en s'abandonnant. Je ne sais pas comment elle fait. Elle revient à son centre, sa base. Peut-être que ça tient à ce qu'elle a vécu. Peut-être qu'ils lui ont fait trop de mal pour qu'elle les laisse encore entrer dans son noyau dur. Ce qui ne l'empêche pas de les aimer. Je sais qu'elle pensait que je méritais mieux que M., mais c'est parce qu'elle ne le connaissait pas bien. Même si elle a eu la délicatesse de ne jamais me le dire, c'est ma sœur, je l'entends. Je sais aussi qu'elle considérait que j'aurais dû passer un peu de temps seule après Hugo. Ça, elle me l'avait dit. Que je passais d'homme en homme depuis mes dix-huit ans, comme on saute de rocher en rocher de peur de tomber dans l'eau. Elle me disait d'arrêter d'avoir peur, de sauter dans la rivière pour réaliser que ce n'était pas si terrible. Que c'était même « le pied total » selon ses propres termes. La voilà exaucée.

Depuis mon retour, elle prend soin de moi, et je la soupçonne d'aimer ça. Elle ne dit rien pour l'instant mais si je me remets à parler un jour, si j'accepte de la regarder de nouveau dans les yeux, elle me reprochera de ne pas l'avoir appelée à l'aide, d'avoir décidé de traverser ces quelques jours seule. Si je l'avais appelée, elle aurait essayé de me ramener à la raison, cherché à me convaincre de laisser M. Je n'aurais pas pu.

Ça ne m'empêchait pas de me sentir horriblement seule, à cet instant précis, sur cette plage, effacée du monde. Comme quand Nina était bébé et que je passais toutes mes journées à la maison avec elle. Romain partait à 8 heures et le compte à rebours s'enclenchait, une dizaine d'heures seule avec elle, à attendre le soir. Je repoussais au maximum la sortie au supermarché, le climax de ma journée. Le trajet me prenait dix minutes aller, dix minutes retour, et je pouvais espérer passer vingt minutes sur place s'il y avait du monde à la caisse. Pour ça, l'idéal était de patienter jusqu'à minimum 16 heures, la sortie des écoles, mais je craquais toujours en fin de matinée. J'habillais Nina, nouais l'écharpe de portage avec trop d'aisance, une voix en moi me soufflait que ces gestes de mère experte m'enfermeraient à jamais dans cette prison domestique. Dans la rue, au supermarché, je croisais essentiellement des vieux et je pensais que nos journées se ressemblaient. L'ennui, la solitude, l'enfermement, vaguement déjoués le temps d'un recommandé à aller chercher à la poste, d'un rendez-vous à la banque, d'une promenade qu'on écourte à cause du corps qui grince.

Un jour, un type qui travaillait pour une ONG a sonné, vous savez, ces gars qui veulent vous faire signer un virement permanent en vous demandant : « Êtes-vous touchée par la misère des enfants somaliens ? », en vous balançant sous le nez la photo d'une gamine squelettique. Je m'étais mise à pleurer, pas pour la gamine, ou si peut-être un peu, mais surtout parce que ce type était là, un être humain avec lequel j'allais pouvoir parler quelques minutes. Il est entré, j'ai évidemment fait semblant d'être bouleversée par sa photo, mais je crois qu'il n'était pas dupe, je crois qu'il m'a prise pour une folle, ou pour une jeune mère en post-partum. Ce que je n'étais pas. J'emmerde le post-partum. J'emmerde les hormones. Si on avait inversé les rôles, si Romain avait dû prendre ma place, il aurait aussi fini à moitié dingue. On nous vend ça comme les plus belles semaines de notre vie, on appelle ça un « congé », veinardes que nous sommes. Et moi j'y avais cru. J'avais imaginé des journées à ronronner, l'enfant tendrement endormi dans son couffin en osier, le soleil oblique éclaboussant un plaid en cachemire blanc, l'odeur de la lessive fraîche, moi m'abandonnant aux œuvres complètes de Dostoïevski en écoutant Bach. Mon cul.

Nina ne dormait quasiment que dans mes bras, une suture de la césarienne avait lâché à l'intérieur de mon ventre, je me déplaçais courbée à angle droit, comme une grabataire. J'attendais le retour de Romain pour prendre ma douche, ce qu'il semblait avoir du mal à comprendre mais il s'abstenait de tout commentaire. J'aurais préféré un reproche, ça m'aurait permis de lui raconter, d'expliquer précisément à quoi ressemblaient mes journées, pourquoi je puais en permanence le lait rance, pourquoi le linge et la vaisselle sale s'accumulaient, que l'ennui et les tâches domestiques non accomplies n'ont rien de contradictoire. J'aurais rêvé de ranger, nettoyer à fond, les deux mains libres, sans douleur, sans fatigue, et sans cette sensation d'isolement, cette sensation de déambuler dans un monde parallèle, spectatrice de la vie des autres. Les autres qui travaillaient, s'affairaient à des choses utiles, importantes.

Je ne pense pas qu'on m'ait appris à me taire. Simplement, on ne m'a pas appris à parler. Et on m'a dissuadée d'essayer. J'ai compris très tôt que pour être aimée des hommes il fallait éviter de leur prendre la tête, éviter d'être une chieuse, une grande gueule, une mégère.

Comment ma sœur a-t-elle fait pour échapper à ça ? D'où lui vient cette voix forte, claire ? Cette façon qu'elle a de ne jamais se laisser emmerder ? De défendre son territoire ?

Et vous ? Comment vous faites ?

Moi j'ai mis des années à comprendre l'arnaque. Avec Romain, si j'évoquais un besoin, si je réclamais un changement, il refusait simplement la discussion, regardait ailleurs, changeait de sujet, allumait la télé. Je finissais par m'énerver toute seule. Lui, impassible, monosyllabique, me renvoyait l'image de l'emmerdeuse que je redoutais d'être. Il ne me restait qu'à choisir entre l'acceptation et la rupture. Et je me voyais capituler, endossant la figure martyre de la *mater dolorosa* avec un enthousiasme suspect. Avec le temps, il n'était plus nécessaire de passer par la case « dispute à sens unique », j'avais appris à ravaler mes besoins, notre vie à deux s'ordonnait autour de ceux de Romain. Je vivais la tête haute, drapée dans ma résignation, auréolée de ma vertu sacrificielle, romantisant ma posture de sainte persécutée. Je me donnais le beau rôle. Ça me dispensait d'agir, de lutter. Évidemment, ce sont des choses que je n'ai comprises qu'après l'avoir quitté.

J'avais pris la résolution de ne plus jamais accepter ça, de me méfier de ma complaisance, d'écouter ma voix et de la faire entendre. C'est sans doute pour cette raison que je n'ai pas eu d'autre enfant. Non que je n'aimais pas ça dans l'absolu, voir Nina grandir, l'accompagner, peu de choses m'auront procuré autant de joie. Mais dès le moment où j'ai identifié ce schéma en moi, je me suis sue incapable de m'en libérer, et je ne voulais plus me l'infliger. Ou alors il aurait fallu un homme exceptionnel, un homme qui prenne sa place, qui m'arrache à mes raisons de geindre, comme on prive une droguée de sa came. M. en aurait été capable, j'en suis certaine. Et je crois que vous pouvez en témoigner. Ou peut-être qu'ici c'est moi qui fantasme, et que M. ne valait pas mieux que les autres. Ça c'est une vérité que vous détenez.

Mais la question ne s'est jamais posée, évidemment. Je crois que c'est ce que j'aimais aussi dans notre relation. M. ne s'est jamais intéressé à mon utérus. Je me rappelle les hurlements d'Audrey, quand elle restait quelques mois avec un homme et qu'il se mettait à lui parler d'enfant. Ça la rendait folle, elle cessait de l'aimer dans la seconde, elle avait l'impression d'être prise pour une machine à pain.

Hugo avait voulu un enfant au début. Je me suis regardée emménager chez lui, mère célibataire au chômage, Hugo enfilant sa cape de sauveur. Il tolérait la présence de Nina, mais il voulait un héritier à lui. J'étais perdue à cette période de ma vie, mais pas assez pour accepter. J'avais quitté Romain, presque sur un coup de tête, terrorisée à l'idée de passer le reste de ma vie à jouer au papa et à la maman. Nina avait cinq ans, je ne voulais pas rester seule. À l'époque, je ne voyais encore le célibat que comme une période transitoire entre deux relations.

Je suis retournée vers Hugo, que j'avais rencontré quelques années plus tôt, quand j'étais encore avec Romain, Nina devait avoir six mois. C'est à cette époque que j'avais couché avec lui pour la première fois.

Sur le moment je n'ai pas compris que c'était un viol. Je n'ai jamais raconté cette nuit-là à Audrey. Je ne l'ai jamais racontée à personne. J'avais trop honte. Romain était parti chez Jacky avec ses potes pour plusieurs jours, réunion de crise, Marco venait de se faire larguer. Il ne me touchait pratiquement plus depuis mon accouchement. Le cliché stupide. Faudra qu'un jour on en finisse avec cette connerie de mère/putain. Évidemment, il ne l'avait jamais formulé de cette façon. J'étais en colère, amère, j'avais besoin de me prouver que je pouvais séduire encore. J'avais créé un compte sur une appli de rencontre, faux nom, photo de profil évasive. Je n'avais rien dit à Audrey parce qu'elle a toujours aimé Romain. Elle m'aurait mise en garde. Et je n'avais pas besoin qu'on m'explique que j'étais en train de déconner.

Hugo avait répondu présent. Je l'avais invité à prendre un verre à l'appart. À l'époque on vivait encore dans un petit deux-pièces avec le lit en mezzanine. Il était arrivé, j'avais souri intérieurement, je trouvais qu'il ressemblait à un candidat. Ou plutôt à un gars qui s'apprête à faire une bonne affaire, la vitrine annonçait tout à moins cinquante pour cent alors il est entré. Je me suis sentie en solde. Profite, gars, tout doit partir.

Nina dormait dans la chambre.

Je nous ai servi un verre, de la bière je crois. Il avait l'habitude de ce genre de situation, ça m'a mise à l'aise. Il parlait pour la forme, ça ressemblait aux codes de la séduction mais en accéléré, comme un fast-food ressemble vaguement à un restaurant. Je sais qu'Audrey est habituée à ces codes, aux coups d'un soir, au cul récréatif avec des mecs qu'elle connaît à peine, comme on va faire un bowling ou un mini-golf. Et je l'ai toujours un peu enviée pour ça. Son aisance, presque une forme de professionnalisme, envoûter le gars, faire son show, ses danses suggestives, la puissance folle qu'elle dégage dans ces moments. Cette pointe de mépris dans son œil, ce soupçon de lassitude devant le gars liquéfié à ses pieds. Je n'ai jamais su faire ça. Je n'ai jamais su dominer.

Là je m'étais laissé guider. Il m'avait embrassée assez rapidement, c'était pas tout ça, il était venu pour les soldes, pas pour bavasser. Je crois que j'avais été soulagée à ce moment, un gars voulait encore m'embrasser, je n'étais pas juste un four à bébé.

On s'était chauffés, déshabillés, j'avais sorti la boîte de capotes de mon sac, celle que j'étais allée acheter l'après-midi même à quelques blocs de là, comme une criminelle. Mais il s'était remis à m'embrasser, était passé à autre chose. Son corps me plaisait, son odeur, ses bras larges et musclés.

Il devait peser une trentaine de kilos de plus que moi. Pour la première fois, je me suis sentie fragile et menue. Ça m'a fait plaisir. On nous demande d'être fragiles et menues. De ne pas prendre trop de place. On nous demande d'être des biches, et j'ai toujours été un poney. Un poney sexy, mais un poney quand même. Des os épais, des muscles ronds. Romain avait des poignets plus fins que les miens. Il pesait à peu près le même poids que moi, était à peine plus grand. Ici j'étais enfin dans le bon rôle. Un homme plus lourd, plus grand et plus épais que moi me caressait, embrassait mes seins. J'étais à ma place. Je voulais le sentir à l'intérieur de moi.

Mais chaque fois que je tendais la main vers la boîte de capotes, il s'arrêtait. J'ai pensé qu'il n'en avait pas vraiment envie. Il s'est rassis, s'est resservi un verre, a allumé une cigarette. Ça ne m'a pas vexée. Je me suis resservi un verre aussi – de quoi ? Je n'arrive pas à me rappeler –, on fumait – des cigarettes, peut-être un joint, non juste des cigarettes je crois. Il s'est mis à me raconter sa vie, je lui ai raconté la mienne.

Je le trouvais beau, il me fascinait. Le sexe pouvait attendre. Je souhaitais juste qu'il reste, qu'il dorme avec moi. J'avais eu peur du vide, d'une façon un peu absurde. Et je ne pensais pas à Romain. Comme si je l'avais oublié, ou comme s'il était sorti de ma vie. Peut-être qu'il l'était déjà. De cette partie de ma vie en tout cas. De ma vie intime, sexuelle. Il était devenu mon frère, mon coéquipier, le père de ma fille. Je n'ai pas ressenti de culpabilité. Je ne sais plus qui de nous deux l'a proposé. Probablement lui. Je crois que je n'aurais pas eu cette audace. Quoique. Je ne sais plus. Toujours est-il qu'on s'est retrouvés dans mon lit. Le lit de Romain. Sur la mezzanine. Notre lit en haut, le berceau de Nina en bas. Elle dormait de son sommeil de bébé. J'espérais qu'elle ne se réveillerait pas, je n'avais pas envie de donner le sein devant Hugo – donc il n'y avait pas d'alcool, ni de joint, ou alors j'avais prévu un biberon, je ne sais plus. Je n'avais pas envie que Nina se réveille parce que je craignais qu'il s'en aille s'il me voyait me transformer en mère. Rester légère, pas compliquée, cool, fun.

On s'est couchés, nus. Je l'ai embrassé en m'allongeant sur lui, espérant encore qu'on allait faire l'amour. J'aurais préféré le faire dans le salon, sur le canapé, pas là, dans mon lit, à quelques mètres de Nina. Mais bon... Finalement, si on le faisait en silence, si on ne perturbait pas son sommeil, pourquoi pas ?

Il s'est tout à coup montré plus réceptif, m'a caressé les fesses, puis m'a renversée pour venir sur moi. J'ai dit : « Attends, je vais chercher les capotes » mais il n'a pas écouté. Il a pesé plus lourd. Il est entré en moi. J'ai répété : « Attends » mais il n'était plus là. En tout cas il n'était plus avec moi. Il était en moi, seul. Et il y allait fort. Tout à coup il était brusque, rageux. J'ai pensé qu'il était en colère et je me suis demandé pourquoi. J'avais dû commettre une erreur, j'ignorais laquelle. Il me faisait mal. J'ai soufflé : « Doucement », pressant sur ses épaules pour atténuer son mouvement. J'ai repensé à ma première fois. Tiens, c'était aussi sur une mezzanine. Un très jeune homme, seize ans, comme moi. Tout le temps que ça avait duré j'avais aussi répété : « Doucement » et le très jeune homme avait fait doucement.

Ici l'homme plus grand, plus large, plus lourd n'a pas écouté. Il avait entendu, sans aucun doute possible, mais il n'a pas écouté. Ce n'était plus un homme que je sentais contre moi et en moi mais une masse de muscles furieux. Un sanglier. C'est là que j'ai commencé à avoir peur. J'ai pensé : « On peut raisonner un homme, pas un sanglier. » J'ai pensé aussi : « Si je lui demande d'arrêter, il ne le fera pas et ça va se transformer en viol », sans réaliser que le viol avait déjà lieu. J'ai pensé : « Si je lui dis d'arrêter, qu'il ne le fait pas et que ça devient un viol, je ne sais pas où ça va s'arrêter. Et ma fille dort juste là en bas. Je ne pourrai pas la protéger contre un sanglier. » Tant que la violence est tacite, je garde une illusion de contrôle. Je reste de son côté à lui. Ça me rend complice mais c'est moins risqué que de devenir son adversaire. Je ne suis pas de taille à combattre. Ou plutôt je ne me crois pas de taille à combattre. Parce qu'en réalité je le suis. Trente kilos de différence, ça n'est rien. Ça n'est pas un sanglier, c'est juste un homme. Et moi je ne suis pas une biche. Mais depuis toujours on m'a répété que les hommes sont plus forts, dangereux. Les femmes sont les victimes, les hommes les agresseurs. Et moi je n'ai pas osé vérifier. Ça n'était pas le moment. J'ai adopté la stratégie la plus prudente : le laisser terminer, quitte à saigner un peu. Je me suis rappelé ce qu'on m'avait appris pendant les séances de préparation à l'accouchement : plus je contracte, plus la douleur est intense, plus je risque la déchirure. Respirer. Je me suis vue faire l'étoile de mer. Rester inerte. Respirer. J'ai repensé à cet article dans un magazine féminin, qui expliquait les comportements à bannir pour éviter de devenir « un mauvais coup ». L'étoile de mer en faisait partie. C'est drôle. Le viol fait de nous des mauvais coups.

À aucun moment cet article n'interrogeait les raisons qui peuvent pousser à se transformer en étoile de mer (la peur, la tétanie, la gestion de la douleur, l'ennui, la résignation ?). À aucun moment il ne posait la seule vraie question : qu'est-ce qui pousse un homme à jouir dans une étoile de mer ?

J'ai attendu que ça passe en supposant que ça n'allait pas durer longtemps. Effectivement, il a éjaculé vite. À l'intérieur de moi (la contraception ? Pas son problème. Les MST ? Ha ha !). Je comprendrai plus tard qu'Hugo n'aimait pas la capote. Plutôt que de m'en parler, il a forcé le passage.

Il s'est relevé, sans un mot, est descendu dans le salon. Je ne savais pas exactement ce que je souhaitais. Qu'il s'en aille ou qu'il reste ? J'ai pensé que s'il partait, ce qui venait de se passer se transformerait en viol, toujours sans comprendre que c'en était déjà un. Moi je ne bougeais pas, nue sur le lit, les jambes ouvertes. Je sentais mon corps dans un état curieux. Il m'envoyait des messages, comme détaché de ma tête. J'avais ressenti la même chose pendant mon accouchement, quelques mois plus tôt. Le corps qui envoie des messages, comme s'il cherchait à rétablir la connexion avec la tête. Des messages qui crient : « Protège-moi », mais la tête n'écoute pas. Pour la césarienne j'étais attachée sur une table, les bras en croix, le ventre ouvert, les deux mains du gynéco plongées dans ma cavité utérine, agrippant l'enfant pour l'extraire. Normal que le corps panique. Mais la tête le rassure, lui explique qu'on ne peut pas faire autrement. On est dans un hôpital, il y a cette sage-femme qui fait de l'humour, des médecins partout, des bips-bips calmes et réguliers.

Là je n'ai pas su quoi dire à mon corps. Je crois

que j'étais triste. Et désolée. Quelques larmes se sont échappées.

Le bruit d'un briquet, l'odeur de la première taffe. J'adore cette odeur. Je l'ai écouté fumer. Je savais que le sanglier l'avait quitté. Je l'ai senti à la texture du silence. À quoi pensait-il à cet instant ? Est-ce qu'il s'en voulait ? J'essayais de me rappeler l'homme avec lequel j'avais passé la soirée. Bien sûr qu'il s'en voulait. Il était conscient, malin, empathique. Sinon je ne l'aurais pas invité chez moi. Je ne l'aurais pas laissé entrer dans ma chambre, dans celle de ma fille. Je ne suis pas dingue. Je ne laisse pas entrer les sangliers.

Le bruit du briquet, encore. L'odeur de la première taffe, encore.

Je me suis demandé comment réagir s'il revenait dans le lit. Le renvoyer chez lui ? Et s'il se transformait de nouveau en sanglier ?

Et puis j'ai eu peur de me retrouver seule. Je crois que j'ai eu envie de dormir dans les bras de l'homme gentil, doux et prévenant avec lequel j'avais passé la soirée. J'avais besoin de réconfort. J'ai pensé à Romain, je m'en suis un peu voulu. J'ai pensé à Audrey et je me suis promis de ne jamais lui raconter ce qui venait de se passer. Parce qu'elle est ma sœur. Je savais la peine et la rage que ce récit lui infligerait. Et elle avait assez de peine et de rage comme ça. Alors pourquoi vous le raconter à vous ? Je ne sais pas. Peut-être parce que ça fait partie de mon passé, et que tout ce qui concerne mon passé concerne mon histoire avec M., d'une façon ou d'une autre. Ou peut-être que vous livrer une partie de mon intimité, une partie que je n'ai confiée à personne, me semble un juste retour des choses, après vous avoir volé la vôtre. Sur le moment je n'en ai parlé à personne parce que j'ai pensé que ça n'était pas bien grave, que je pourrais gérer ça seule, et j'ai eu raison, ça n'était pas bien grave.

Ce qui m'intéresse dans cet épisode, c'est ma peur, cette certitude d'être faible. Ce qui m'intéresse, c'est de constater aujourd'hui que cette certitude m'a quittée, je l'ai vaincue, grâce aux femmes que j'ai vues lutter, grâce à Audrey, j'ai vu sa force et j'ai compris que c'était également la mienne. Et grâce à M. aussi.

Mais sur le moment, j'étais terrifiée. J'ai encore écouté le silence, guetté un mouvement.

Deux cigarettes. C'est bizarre, non ? Pourquoi fumer deux cigarettes d'affilée ? Et seul ? Pourquoi il ne m'a pas proposé de le rejoindre ? À quoi il pense ? Bon sang, à quoi il pense ? Est-ce qu'il est toujours en colère ? Et d'où elle vient, cette colère ? Qu'est-ce que j'ai fait ?

Il est revenu. Son pas était calme, comme celui de quelqu'un qui s'est levé en pleine nuit pour pisser. Les pieds nus sur la vieille moquette grise. Il a monté l'échelle. Puis s'est immobilisé un instant, a demandé : « Ça va ? »

J'ai réalisé que je n'avais pas bougé. Il m'a retrouvée dans la même position que quand il m'avait quittée, deux cigarettes plus tôt, nue sur la couette, les jambes ouvertes. J'ai entendu dans son « Ça va ? » qu'il savait exactement que ça n'allait pas et pourquoi. Je crois que ça m'a légèrement rassurée. Je ne parviens plus à me rappeler ce que j'ai répondu. On va dire que j'ai répondu : « Ça va. » Oui, comme je me connais, j'ai dû dire : « Ça va. » Parce que je ne voulais pas qu'il y ait de problème entre nous. Et comme je l'ai dit, ça n'allait peut-être pas si mal. Le sanglier était parti, le danger écarté, j'avais juste un peu mal, rien de grave.

Je n'aime pas le conflit. J'ai tendance à absorber. Disons que sur ce coup-là j'ai bien absorbé. Mon vagin aussi.

Aussi, c'était une façon de ne pas en faire un salaud. Si ça n'est pas grave, c'est qu'il ne s'est rien passé. S'il ne s'est rien passé, le sanglier n'existe pas. C'est fou le pouvoir que j'ai. Si je décide qu'il ne m'a pas violée, le viol n'a pas eu lieu. C'est magique. Pas de douleur, donc pas de victime, donc pas de crime. Circulez.

Et puis il faut se mettre à sa place. Je l'ai sans doute énervé à vouloir faire l'amour. Il a dû se dire : « C'est ce que tu veux ? Tiens ! » En fait, c'est ma faute. Voilà. C'est plus simple comme ça.

J'ai attendu qu'il s'endorme pour m'endormir à mon tour.

Je ne me rappelle pas bien le lendemain matin. J'ai dû me lever en entendant Nina. Je connaissais son souffle, ses grognements de bébé sur le point de se réveiller. En revanche, je me revois en train de lui donner le sein dans le canapé. De nous sentir fortes et unies toutes les deux.

J'ai une vision très nette de ce moment. La certitude que cette enfant sauvera le monde. Ou au moins se sauvera elle-même. À cet instant, je lui ai fait la promesse de ne plus jamais laisser un sanglier entrer chez nous. J'ignorais que je lui mentais.

Hugo a dû se faire un café, fumer une clope à la fenêtre, glisser un « À plus tard » et partir. On ne s'est pas rappelés. Enfin, pas avant cinq ans, après ma rupture avec Romain.

– Salut !

Sur la plage, un grand type blond avec un accent anglais s'est planté devant moi. Il ressemblait à une espèce de surfeur ou un amateur de sports extrêmes, le torse mince, bronzé, les cheveux asséchés par le soleil et le sable, des lunettes de soleil orange.

– On fait une partie de beach-volley et il nous manque quelqu'un, tu veux venir ?

Me faire draguer comme si j'avais vingt-deux ans, ça ne m'était plus arrivé depuis quand ? Où sont passées les dix-neuf années qui me séparent de cette fille-là ? Qu'est-ce que j'ai fait pendant tout ce temps ? Le regard de ce gars m'a réveillée, arrachée à mon âge et recrachée dans le sien, facile, léger, où on se drague sur les plages et on baise dans des vans aménagés en prenant du LSD. Ça serait si simple ? Je me suis entendue dire oui et tout s'est effacé, le temps, la mort, M.

Je n'avais rien à perdre. J'espérais juste que le sport après une bouteille de blanc n'allait pas me donner la nausée.

L'Anglais s'appelait Justin. Avec son pote Michael ils étaient venus rendre visite à Eddy, un de leurs amis d'enfance installé dans la région. À trois, il leur manquait vraiment quelqu'un pour le beach-volley. Mais je crois qu'il ne m'avait pas choisie au hasard. J'ai toujours de longues jambes minces et musclées dans mon short en jean, et mon débardeur blanc laissait apparaître mes épaules. J'ai de très belles épaules.

Ou peut-être que Justin avait vu ma détresse et qu'il avait voulu être gentil. Peu importe.

On a joué au beach-volley puis ils m'ont invitée à manger avec eux sur la plage. Ils ont allumé un feu, fait griller de la viande. Eddy possédait une entreprise qui proposait des initiations au parapente. Il me parlait de sa vie, il habitait juste là, de l'autre côté du lac – je vois la toiture en ardoise entre les arbres ? –, avec son mec, Félix, qui nous rejoindrait peut-être plus tard. La nuit était tombée sur le barrage, il devait être 21 heures. Est-ce que M. m'en voulait de l'avoir abandonné ? J'avais l'impression que ma vie pouvait recommencer là, à cet instant. Je me sentais neuve, auprès de ces gars qui ne me connaissaient pas. Et si j'oubliais tout ? M., Nina, Audrey, Romain, ma mère, mes amis, mon boulot ? Juste recommencer, me former à l'initiation au parapente, ou aller vivre en Angleterre avec Justin ? Laisser ma voiture sur le parking, laisser M. Quelqu'un allait bien finir par le retrouver et ferait ce qu'il faut. Justin a sorti sa guitare après m'avoir tendu de quoi rouler un joint. Michael s'est mis à chanter, une voix à la Tom Waits. Les autres m'ont expliqué qu'il avait presque remporté « Pop Idol » en Angleterre. L'articulation amollie par l'alcool, j'ai répondu que si ç'avait été moi dans le jury, il aurait gagné. J'ai tiré sur le joint, plus que je ne l'aurais fait en temps normal, me suis enfoncée dans le sable, qui semblait plus chaud que cet après-midi. J'ai pensé à la femme enceinte, ses gamines et son stupide mec. Je les imaginais au lit tous les deux, lui plongé dans une biographie de Steve Jobs, elle assise, le ventre tartiné de lotion anti-vergetures, en train de s'enduire les mains d'une crème hydratante fleurie avant d'éteindre la lumière, comme dans les films américains. J'avais essayé de faire la même chose pendant ma grossesse, la vie paraissait si simple et si propre avec un pavillon de banlieue, deux SUV dans l'allée et un tube de baume à la rose sur la table de nuit. J'avais juste réussi à en foutre plein les draps, qui avaient fini par s'imprégner d'une odeur d'huile aigre, impossible à ravoir.

Eddy, Michael et Justin chantaient « Blue Moon ».

Je parie que si je le leur avais demandé très gentiment ils m'auraient aidée à fabriquer un radeaubûcher pour M. J'aurais pu argumenter qu'ils m'en devaient une, je les avais dépannés pour le beachvolley. Eddy et Michael seraient allés chercher des rondins, Justin et moi, des branchages et des brindilles, ils les auraient assemblés avec une aisance fascinante, et tout aurait été prêt avant l'aube. J'aurais regardé M. partir sur les eaux sombres, en espérant qu'il n'aille pas vers le clocher. Je ne voulais pas imaginer son radeau toucher la pointe d'ardoise dans l'obscurité, l'église aspirer son esprit sous la surface, comme une étoile noire, l'enfermer entre ses pierres hantées de créatures sans visage, affamées. Un autre monde vivait là-dessous, connecté à celui du lac d'en haut, un monde qui voulait me prendre M., le dévorer.

Je me suis endormie à cause du joint, une trentaine de minutes peut-être. À mon réveil Justin ne jouait plus de guitare, Michael ne chantait plus. Ils discutaient. J'ai bâillé, me suis frotté les yeux, Justin m'a caressé le bras, distraitement, comme si nous étions ensemble. Eddy racontait une histoire de brûlure. J'ai compris que Félix, son mec, s'était renversé un caquelon d'huile bouillante sur le bras l'hiver passé, un soir de fondue bourguignonne. Je n'ai jamais bien compris le principe de la fondue bourguignonne, ça pue et c'est dangereux, mais ce n'était pas le moment de lancer un débat. Eddy racontait que des voisins avaient appelé la Bouniane, une coupeuse de feu. Il n'y croyait pas, Félix non plus, mais elle était venue, et au bout d'une demi-heure d'incantations marmonnées et d'apposition de mains la brûlure avait pratiquement disparu. Ensuite elle était partie, refusant d'être payée. Romain et Jacky m'avaient déjà parlé de cette femme un jour. Je n'ai jamais prêté beaucoup d'attention à ces choses-là. Je ne crois pas en l'astrologie, pas plus qu'aux cartomanciennes ni aux vertus du libéralisme. Mais j'aime écouter les histoires, j'aime le folklore qui entoure les sciences occultes. Ça me rappelle ma préadolescence, les soirées pyjama, quand on se lisait à voix haute des histoires de Pierre Bellemare à la lueur de nos lampes de poche.

Eddy racontait que, voulant remercier la Bouniane, il était un jour monté jusqu'à la maison qu'elle occupait dans la forêt, à l'écart du village, mais qu'il n'avait pas réussi à l'approcher. Quelque chose l'en avait empêché, il était incapable de dire quoi. À mesure qu'il marchait vers la maison, ses forces l'avaient quitté et une terreur irraisonnée s'était emparée de lui.

Au moment où Eddy prononçait ces mots, l'illusion de normalité que j'éprouvais depuis quelques heures s'est évanouie, comme un décor de plâtre qui s'effondre.

M. m'attendait dans la voiture, je l'avais abandonné.

Un élastique a claqué à travers mon corps.

J'ai dû ressentir ce que ressentent les parents qui ont oublié leur bébé dans la voiture en plein cagnard. J'ai souvent tenté de me mettre à leur place, tenté d'imaginer l'horreur, le vertige, le gouffre qui les aspire de l'intérieur au moment où ils se rappellent.

Je me suis levée, j'ai balbutié des excuses. Mes yeux se sont posés sur l'immensité noire du barrage.

On aurait dit une mer de goudron. L'autre monde frémissait sous la surface, je le sentais. Combien de corps dormaient là au fond ? Avait-on exhumé les tombes du cimetière avant d'ensevelir le village ? Où étaient les morts ? Quelque chose se réveillait dans ces eaux, des cadavres gluants s'animaient, pantins putréfiés et ricanants, leurs bras décharnés allaient surgir des eaux et m'emporter loin de M., pour me punir de l'avoir laissé, et je ne le reverrais jamais. Une chute de tension m'a obligée à m'accroupir. Les trois garçons se sont précipités vers moi pour me soutenir, me caresser le dos. Doucement, assieds-toi. Il fallait que je retourne près de M. Maintenant. Avant que les bras ne surgissent. Je me suis redressée, luttant contre la nausée. Mes tempes cognaient, des étincelles blanches crépitaient devant mes yeux.

– Attends, où tu vas ?

Justin m'a suivie.

– Je dois y aller.

M. m'attendait, il devait pleurer, être affolé. Mais qu'est-ce qui m'avait pris ? Le sable, le THC et l'alcool entravaient ma marche. J'ai traversé la pinède qui séparait la plage du parking. La nuit était claire, pas besoin de lampe de poche, on y voyait presque comme en plein jour. Justin trottinait toujours à mes côtés, mais il avait arrêté de poser des questions.

Je suis arrivée sur le parking, essoufflée. Mon cœur s'est arrêté. L'endroit était vide. Totalement vide. Plus une seule voiture.

L'hiver qui avait précédé ma rencontre avec M. m'avait paru long. Il semblait avoir débuté dès la rentrée scolaire pour s'achever longtemps après l'éclosion des cerisiers du Japon qui bordaient ma rue. Enfin, celle dans laquelle je vivais avec Hugo, le sanglier. Depuis notre lit, j'observais les tourbillons de pétales blancs dans la lueur poudrée de l'aube, incapable de m'en émerveiller. Rien ne semblait pouvoir me réchauffer. Je me traînais chaque matin vers le lycée, luttant mollement pour ne pas détester mes élèves et ma vie. Hugo était en pleine effervescence professionnelle. Il avait créé sa boîte quelques années plus tôt, une affaire de sous-traitance de service après-vente pour les compagnies aériennes. Il vendait du vent mais ça fonctionnait, il venait de signer un gros contrat avec un consortium d'agences de voyages, il jubilait. Le soir, lorsqu'il rentrait à la maison, il me parlait de ses succès de la journée auxquels je pensais ne rien comprendre. J'avais fini par réaliser que ça ne m'intéressait pas. « Sans intérêt, pas de compréhension », c'est ce que je martelais à mes élèves à cette époque, sans m'apercevoir que ces mots je me les adressais à moi-même. Le monde d'Hugo ne m'intéressait pas parce qu'il me rendait triste. Il m'a fallu plusieurs mois après notre séparation pour identifier exactement l'origine de cette tristesse. C'était son vocabulaire. Management, CEO, implémenter, data, digitalisation, customer, gestion des flux, expérience client, ressources humaines, target. Un vocabulaire de nazi. Hugo et moi ne parlions pas la même langue. Pourtant c'était un homme intelligent. Peut-être que c'est ça aussi qui me rendait triste. Toute cette intelligence gâchée.

En revanche, j'aimais faire l'amour avec lui. Parce qu'à l'époque j'ignorais ce que pouvait être le sexe. Je pensais qu'un rapport sans douleur, sans peur, avec orgasme, était un rapport réussi. Et Hugo ne m'a plus jamais fait mal après notre première fois.

Il était toujours grand, lourd, dominant et ça me plaisait. J'étais à ma place. Il commençait toujours par me lécher, jusqu'à l'orgasme, comme ça c'était réglé. Puis il me pénétrait et jouissait en moi. Je crois qu'il espérait me féconder par accident, mais j'étais extrêmement vigilante sur ma contraception.

Il avait commencé à me parler bébé quelques mois seulement après mon installation chez lui. Je crois que ça correspondait à l'idée qu'il se faisait de la réussite. Il venait d'une famille traditionnelle, catholique, d'origine polonaise. J'adorais son père, un homme solide, droit et joyeux, qui semblait échappé d'un autre siècle. Il se rendait chaque matin sur la tombe de sa femme, la mère d'Hugo, décédée d'une leucémie quelques années plus tôt. Il était chef de chantier et ses mots à lui me plaisaient, ils disaient le réel, le concret, des mots qu'on peut toucher, qui ont une odeur, un goût.

C'était un vrai patriarche, il ne se définissait qu'à travers son rôle de père, de mari. Selon lui, la vie ne trouvait son sens que par la reproduction. Il demandait souvent à Hugo : « Tu travailles beaucoup mais tu travailles pour quoi ? À quoi te sert ton argent si tu n'as pas de famille ? » Hugo avait l'élégance de ne pas révéler que c'était moi qui ne voulais pas d'enfant. Il souriait : « Ça viendra, on a le temps. » En écrivant ces mots, je me demande si c'était réellement de l'élégance. Peut-être avait-il simplement honte de ne pas être seul à prendre les décisions. Honte d'être avec une femme que la maternité ne faisait pas rêver.

En attendant d'avoir ses propres petits-enfants, le père d'Hugo reportait toute son affection sur Nina, qu'il couvrait de cadeaux. J'aimais cet homme parce qu'il était gentil. Et que je sentais son machisme fragile, bien que profondément enraciné dans son éducation. Après ma rupture avec Hugo, c'est son père qui m'a le plus manqué. Je l'appellerai peut-être un jour, si je sors de cette chambre.

Donc cette année-là, le printemps était bien installé et j'avais froid.

J'aimerais raconter que ma rencontre avec M. a été un événement d'une originalité folle. Ça n'est pas le cas.

Les circonstances n'ont pas beaucoup d'intérêt. Une fête chez des amis communs. Hugo était déjà rentré, il avait une réunion importante le lendemain matin avec des investisseurs. M. est arrivé tard, nous n'étions déjà plus très nombreux, une dizaine peut-être, à fumer dans les canapés. Il s'est assis à côté de moi, je lui ai tendu une bouteille de bière, il a essayé de la décapsuler avec un briquet, a échoué, je l'ai ouverte pour lui, il a ri, un peu confus. Il me raconterait plus tard avoir été extrêmement troublé dès son arrivée, moi j'ai juste vu un mec gentil que je faisais rire. Et ses incisives tachées de blanc, que j'ai trouvées charmantes.

J'ai voulu le faire parler de son boulot, il est passé rapidement sur ses recherches, la surveillance des populations de truites et de castors, le temps passé à arpenter la forêt. Je me suis demandé pourquoi il vivait en ville. Il ressemblait à un animal sorti de son milieu naturel. Ses mains fines racontaient les oiseaux bagués, les notes prises sur des carnets, les échantillons de terre prélevés. Il a dit : « Et toi ? », alors j'ai énoncé quelques banalités sur le métier de prof, tout en l'observant m'observer, un œil confiant, l'autre sceptique. Le sceptique savait ce qu'il cherchait, la trace d'une chose qu'il redoutait, j'ignorais laquelle.

Aucune alliance au doigt, mais il vous a rapidement évoquée, pas d'arnaque de ce côté. Je me suis entendue parler d'Hugo, jouer mon petit numéro d'autopersuasion : « Il n'est pas toujours gentil avec Nina mais ça finira par s'arranger, il a besoin de temps. » Je n'osais pas m'avouer ma peur d'être seule. Et de n'avoir personne avec qui partager le loyer.

Je parlais facilement, M. aussi, tout semblait simple, la rythmique de notre conversation parfaite, sans à-coups. Il disait souvent « et toi ? » après avoir répondu à une question. Sans trop comprendre pourquoi, ces deux mots me rappelaient cette curiosité gourmande de cour de récré, quand, assise à côté d'un copain, nous découvrions ensemble le contenu de nos boîtes à collation, avant de les partager. On a continué à boire des bières, ignorant les autres qui s'en allaient petit à petit. J'avais besoin d'aller aux toilettes mais je me retenais, de peur d'interrompre le dialogue. Je ne sais plus de quoi nous avons parlé, mais nous n'étions plus capables de nous arrêter. Quand notre hôte fatigué nous a demandé de partir, nous avons réalisé que nous étions les derniers à squatter son salon. Nous nous sommes séparés devant une station de métro.

En poussant la porte de mon appartement ce soir-là, l'image de la cour de récré m'est revenue, j'ai eu la sensation de rentrer d'un premier jour d'école, quand on s'est fait un nouveau copain, qu'on se réjouit de le retrouver le lendemain, et dont on comprend qu'il est là pour longtemps. Je crois que c'est l'essence du lien qui m'unissait à M. Un accord profond, une langue commune, une fidélité solide. (Je sais bien que parler de fidélité peut paraître inapproprié. Pourtant M. était fidèle. Il restait. Il mentait par nécessité, il trahissait d'une certaine façon mais il ne partait pas, il n'abandonnait personne.)

M. était mon meilleur ami avant tout.

Nous nous sommes retrouvés quelques jours plus tard pour un café, en fin de journée, heureux comme des enfants, curieux de l'autre, sans stratégie. Rien d'amoureux.

Ça a duré comme ça quelques semaines, des cafés en fin de journée.

Puis un jour je l'ai regardé quitter le bar après une heure de bavardage, on était vendredi, je savais que je ne le reverrais pas avant lundi et j'ai eu le sentiment qu'on m'arrachait un organe. Je sais, c'est idiot, on boit des verres régulièrement avec un inconnu et on ne voit pas venir l'amour ? Sérieusement ? Oui, sérieusement.

J'ai passé le week-end à sonder mes sentiments. Je me suis imaginée l'embrasser, une pensée timide d'abord, comme si l'imaginer représentait déjà une transgression, non pas vis-à-vis d'Hugo, mais vis-à-vis de M., de notre amitié. La pensée timide du baiser s'est affirmée, puis a laissé la place à celle de ses mains sur mes hanches, et le dimanche soir mes doigts tremblaient en lui envoyant un message, proposant un café pour le lendemain. Un message neutre, normal, je ne souhaitais rien laisser paraître.

Je voulais le voir, l'écouter me parler, observer sa bouche, imaginer de nouveau ce baiser, en présence de son corps cette fois, regarder ses mains, les envisager sur mes hanches. Chercher les indices de son attirance pour moi.

Ce dimanche soir, le désir d'Hugo m'a paru obscène.

Mes tempes ont cogné plus fort, j'aurais voulu m'arracher les cheveux pour évacuer la pression qui m'enserrait le crâne.

– Tu étais garée ici ?

Son accent anglais m'a énervée.

– Oui !

J'avais froid, je transpirais, je devais avoir de la fièvre.

– Tu es sûre ?

– Oui, je suis sûre, bordel !!!

– T'énerve pas, on va la retrouver ta voiture, il doit bien y avoir une explication.

On me l'avait volée, c'était la seule solution. On m'avait volé ma voiture et on m'avait volé M. Il était si vulnérable, qu'est-ce qu'ils allaient lui faire ? Le jeter dans un ravin ?

Son corps, son merveilleux corps heurtant les rochers, s'écorchant aux branches sèches.

La voix de Justin me parvenait à travers un brouillard.

Il m'a prise par la main et m'a ramenée vers la plage. Mes jambes l'ont suivi, ma respiration sifflait.

Et si c'était la police ? S'ils m'avaient déjà retrouvée ? Si c'était leur punition ? Me reprendre M. et ne rien me dire. L'emmener à la morgue. Peut-être qu'à cet instant des mains de latex le déshabillaient, des mains qui ne l'aimaient pas, qui ne savaient pas qui il était, qui ne lui parlaient pas. Ils allaient le placer dans une chambre froide, nu, seul.

Eddy a pris mon visage, un peu brutalement, comme s'il essayait de me réveiller.

– Hé ! Le parking ferme à 21 heures. Tu savais pas ? C'est écrit en grand à l'entrée.

– Quoi ?

– Ils ont dû emmener ta voiture à la fourrière, on va appeler, c'est pas grave.

Michael a remis du bois mort sur le feu. Son insouciance m'a énervée, comme l'accent de Justin. Les images se bousculaient. La police, les gyrophares, le corps de M., la dépanneuse, la portière. Pourquoi n'étaient-ils pas descendus sur la plage avant de l'emmener ? Pourquoi n'avaient-ils pas pensé que je pouvais être là, à quelques dizaines de mètres ?

– Ils doivent entrer dans la voiture pour l'emmener ?

– Oui, je crois, pour enlever le frein à main.

Je me suis laissée tomber au sol. Les autres, comme des ombres, m'ont entourée, se sont agités.

J'avais du mal à respirer, ma cage thoracique s'était raidie, figée, incapable de s'ouvrir pour laisser entrer l'air. Est-ce que M. s'est rendu compte qu'il se noyait ? Ou était-il inconscient quand c'est arrivé ? Est-ce qu'il s'est noyé parce que son cœur s'est arrêté ou est-ce que son cœur s'est arrêté parce qu'il s'est noyé ?

Justin a passé un linge humide sur mon front.

– Je suis désolé, je n'aurais jamais dû te laisser fumer, je ne savais pas que tu réagirais comme ça.

Il me gavait avec son paternalisme à la con, celui-là.

– C'est quoi, ta plaque ?

Eddy m'a posé la question, son smartphone à l'oreille.

J'ai répondu, Eddy a répété. Silence. Les mains des morts pouvaient toujours surgir des eaux noires. D'ailleurs, c'était sans doute elles qui m'enserraient les poumons, m'empêchaient de respirer.

– OK, merci. Elle doit venir en personne ou quelqu'un peut venir pour elle ?... OK, on arrive.

Il a raccroché.

– Ils l'ont. Mais ils disent que tu dois être présente. Ça va aller ?

Je me suis redressée.

Est-ce que c'était un piège ? Est-ce que la police m'attendait là-bas ? À leur place, je ne m'y serais pas prise autrement. J'espérais qu'ils me laisseraient dire au revoir à M. avant de l'emmener. J'étais prête.

Le premier baiser a pris son temps. J'aimerais pouvoir affirmer que c'était une volonté de notre part, en réalité c'était juste de la timidité. Ou une forme de délicatesse. Moi j'avais peur de faire fuir la créature qui naissait entre nous, que nous nourrissions de nos conversations, des chansons qu'on s'envoyait, des « Bonjour, bien dormi ? », des sous-entendus assourdissants... Je ne sais pas si j'étais consciente de l'importance que M. allait prendre dans ma vie. Sans doute que non. Aujourd'hui, forcément, je pose un regard différent sur les événements. De la même façon que si M. m'avait déçue, je parlerais probablement de notre histoire en des termes moins élogieux. Je mentionnerais l'un ou l'autre défaut que, bien sûr, j'avais remarqué dès le début. Les souvenirs se révèlent à la lumière du présent. Et ce présent avantage M., pour toujours.

Nous nous étions donné rendez-vous dans un

bar du centre-ville. Un club de jazz peu fréquenté à l'heure de l'apéro, son idée. Je ne sais pas ce qu'il vous avait raconté, à quel endroit ni avec qui il était censé passer la soirée. Il était arrivé en avance, moi en retard, comme toujours. Il m'attendait, assis sur une banquette en velours près de la fenêtre, un cocktail à portée de main. Je ne me rappelle plus lequel, quelque chose avec une olive, un Martini je suppose. J'ai demandé une caïpiroska en m'asseyant sur la banquette, à côté de lui, short en jean court, chemise nouée à la taille. M. mordillait le cure-dent au bout duquel l'olive avait disparu. La conversation s'est engagée sur An Pierlé, dont une chanson passait à cet instant dans les haut-parleurs. J'aimerais me rappeler laquelle... Ce n'était pas « Kiss Me » en tout cas. Peu importe, la conversation ne comptait pas. La nervosité de M. occupait tout l'espace, s'insinuait entre nous, dans chaque silence, comme un gaz explosif. M. cherchait à la contenir sans succès, et moi je tentais vainement de ne pas me laisser contaminer. Nous avions l'habitude de boire des verres ensemble, mais pas ici, pas à cette heure et surtout, ce soir le verre devait être suivi d'un restaurant. C'était nouveau. C'était un *date*. Le mot n'avait pas été prononcé mais nous le savions. Et si premier baiser il devait y avoir, c'était pour ce soir. M. m'a prévenue qu'il risquait de me toucher la joue à un moment. Je crois que j'ai eu des amoureux à l'école primaire qui étaient plus adroits et sûrs d'eux.

Je me rappelle un jeu, je devais avoir neuf ou

dix ans, qui consistait à s'embrasser le plus longtemps possible. Quand je dis « embrasser », il s'agissait en fait de coller ses lèvres contre celles du copain et de ne plus bouger, pendant qu'un autre chronométrait. Nadia et Xavier détenaient le record, avec une minute et demie, quelque chose comme ça. J'aimais bien les jeux de ce genre, les « action-vérité », les « bisou-baffe », ça me permettait d'embrasser les garçons sans admettre que j'en avais envie.

Mon premier vrai baiser avec la langue, c'était au cinéma, j'avais onze ans, devant *La Famille Adams II*, avec Pierre. Sa langue inquiète goûtait l'ozone, l'orage d'été. Eh bien, Pierre était plus serein que M. à cet instant. Moi j'avais imaginé qu'on prendrait l'apéritif ici, dans ce bar à jazz, puis qu'on irait dîner. Et sur le chemin du retour, dans le tram, ou dans la rue, peut-être au moment de se dire au revoir, on s'embrasserait, vaguement ivres. Perspective banale mais excitante, un peu de suspens, le climax pour la fin. Visiblement, M. ne supportait pas le suspens.

À un moment, je crois que je racontais quelque chose de particulièrement inintéressant, il a effectivement posé la main sur ma joue, tétanisé. J'aurais tellement aimé que cette scène soit filmée, pour me la repasser aujourd'hui. Je crois que même le barman a dû être embarrassé. En réalité, ça a duré une demi-seconde, mais vécu de l'intérieur c'était long. Abominablement long. Bonsangbonsangbonsang, je fais quoi ? On ne peut pas rester comme ça, immobiles, silencieux, sa main sur ma joue, qu'est-ce que je fais ? Sourire ? Non, ça va faire une grimace bizarre. Retirer sa main ? Ça va le tuer. L'embrasser, je ne vois que ça.

Je me suis penchée vers lui, et je crois qu'avant le plaisir est venu le soulagement. Ses lèvres me semblaient dures, sèches, il embrassait bouche fermée, comme s'il avait peur de me laisser accéder à lui. J'étais habituée aux baisers d'Hugo, goulus, mouillés.

Il nous a fallu recommencer, nous embrasser plusieurs fois sur cette banquette pour chasser l'angoisse, laisser place à l'émerveillement. Ses lèvres se sont faites plus tendres, le dialogue de la peau a pu commencer. J'étais curieuse, je voulais connaître le goût de sa langue, mais j'ai attendu. Il a posé la main sur mon cou, je sentais son souffle sur ma joue. Je n'osais pas surenchérir, poser à mon tour ma main dans ses cheveux, sur son épaule, de peur de ne plus pouvoir m'arrêter. J'aurais pu lui faire l'amour sur cette banquette. Puis la conversation a repris, plus sereine.

Après le restaurant nous nous sommes promenés, nos pas nous ont guidés vers le parc, dans l'obscurité des arbres, le moment que j'attendais vraiment.

La fourrière se trouvait à une trentaine de kilomètres. On a pris le van de Justin. Je ne pleurais plus. Je respirais mieux. J'avais du mal à me l'avouer mais je me sentais un peu soulagée. J'allais être prise en charge. M. allait être pris en charge. Est-ce qu'on me laisserait repartir, rentrer chez moi avec ma voiture ? Est-ce qu'on allait m'arrêter ? « Recel de cadavre », ces trois mots tournaient dans ma tête, comme des cerceaux en feu. J'ignorais ce que je risquais sur le plan pénal. Sur le plan social c'était la chaise électrique, pas moins. La route était belle, à flanc de montagne. En bas, les lueurs d'une ville, comme des vers luisants agglutinés sur un fruit pourri. Quelle était cette ville ? Qu'est-ce que ça mange, un ver luisant ? Justin conduisait vite. Était-il impatient de se débarrasser de moi ? Regrettait-il de m'avoir abordée sur la plage ? J'étais heureuse de m'éloigner du barrage et de ses morts.

— Où tu vas aller après ?

La voix d'Eddy m'a fait sursauter.
- Quoi ?
- Tu dors où ? Tu nous as pas dit.
- Je sais pas.

J'ai surpris les regards embarrassés qu'ils ont échangés. Aucun des deux n'avait envie de proposer de m'héberger. J'étais devenue la folle, la fille à problèmes, dont on ne souhaitait pas s'encombrer. Vous inquiétez pas, les gars, vous allez bientôt être débarrassés de moi. Ça leur ferait une bonne histoire à raconter. La dingue avec qui ils ont passé une soirée, qui trimballait le corps de son amant dans sa voiture.

- J'ai une copine de l'autre côté de la vallée, elle peut m'accueillir.

Ils ont eu du mal à dissimuler leur soulagement.

À la fourrière, pas de gyrophares. Tout était calme, l'endroit semblait désert. Un container aménagé faisait office d'accueil. Le gardien, assis dans un canapé défoncé, le visage éclairé par sa tablette, s'est levé à notre arrivée.

- C'est à vous, le monospace ?

J'ai acquiescé, montré mes papiers, prête à voir surgir des policiers armés. Le gardien les a consultés, impassible.

- Voilà, ça fera 230 euros.

Je n'avais pas autant en cash, j'ai payé avec ma carte de crédit.

Il m'a rendu les clefs et m'a emmenée sur le parking. On marchait en silence, Justin et Eddy à mes côtés.

Ma voiture est apparue là, seule, sous un lampadaire blanc. Je me suis approchée. La lumière blafarde éclairait la couette bariolée sur la banquette arrière, je pouvais voir le relief du corps de M., mais pour quelqu'un qui ne savait pas la voiture pouvait simplement sembler chargée pour un départ en vacances.

J'ai remercié Eddy et Justin pour leur aide.

– Eddy va conduire ta voiture jusque chez ta copine et on te laissera là, OK ?

C'est pas vrai, ils étaient scouts ou quoi ?

– Ça va aller, je vais mieux, vous inquiétez pas.

Justin a baissé la voix pour ne pas être entendu du gardien.

– Il y a une heure tu étais à deux doigts de perdre connaissance, tu as bu, tu as fumé, tu n'es pas en état de conduire.

– C'était il y a une heure, je vais mieux, merci.

– Écoute, vraiment...

J'ai ouvert ma voiture, suis montée et ai claqué la portière sans lui laisser terminer sa phrase.

J'ai démarré, tremblante, maladroite, et la voiture a calé. J'ai senti leurs regards consternés. Finalement je suis parvenue à démarrer. Dix mètres plus loin je me suis arrêtée, suis sortie de la voiture.

– Merci les gars, vraiment. Et désolée...

Ma phrase est restée en suspens. Il n'y avait rien à ajouter.

Je les ai laissés derrière moi.

Après quelques kilomètres je me suis rangée au bord de la route, tremblante et moite. M. était toujours bien là, sous la couette. Je suis passée entre les sièges avant pour me glisser près de lui, m'agenouiller devant la banquette. J'ai soulevé un coin de la couverture au niveau de son visage pour l'embrasser entre mes larmes. Pardon mon amour. Je ne te laisserai plus. J'ai caressé ses cheveux, légèrement durcis par le gel. Il les portait très courts quand on s'est rencontrés. Depuis il les avait légèrement laissés pousser parce qu'il savait que j'aimais ça, plonger mes doigts dans ses mèches brunes. Là ils étaient longs, plus de cinq centimètres, ma main disparaissait entièrement dedans. L'odeur légère de ce matin était devenue plus forte, une odeur que je ne connaissais pas. Quand j'étais jeune, pendant mes études, je travaillais comme serveuse à La Médina dans le centre-ville, un vieil hôtel particulier transformé en restaurant branché à la déco pseudo-orientale. Au sol de la grande salle, des tapis berbères et un plancher centenaire sous lequel les rats qui peuplaient les cuisines en sous-sol venaient régulièrement mourir après avoir ingurgité le poison que le gérant plaçait un peu partout. Il n'y avait rien à faire, impossible d'aller récupérer les petits cadavres, alors il avait été décidé de les laisser pourrir là. C'était avant l'interdiction des cigarettes dans les espaces publics ; une fois la salle pleine, les effluves de tabac, d'eaux de toilette et de tajines masquaient ceux des charognes. Mais lorsque j'arrivais pour prendre mon service vers 17 heures cette odeur emplissait l'espace, impossible d'y échapper. Je croyais que c'était ça, l'odeur de la mort. Je me trompais.

Il fallait que je nous trouve un endroit pour la nuit. J'espérais réussir à remettre de l'ordre dans mes idées le lendemain.

Je suis montée aussi haut que possible. Devant moi, un chemin s'enfonçait dans la forêt comme une gueule béante. J'allais éviter les parkings désormais. L'enchevêtrement serré des cimes me paraissait surnaturel, comme si une force obscure absorbait les rayons de la lune, enfantait les ténèbres propices à la sauvagerie, au meurtre. J'ai inspiré profondément, je n'avais pas besoin d'aller loin, juste m'éloigner un peu de la route, à l'abri du passage. Les troncs surgissaient dans la lueur des phares, je m'attendais à voir apparaître un homme appuyé sur l'un d'entre eux, qui me guettait, moi ou n'importe quelle imprudente. Ou alors il se cachait, il patientait, le temps que je m'arrête, que je m'endorme. M. aurait détesté ça. L'obscurité l'effrayait plus que moi. Un jour, j'avais réussi à le faire sortir du chalet à la nuit tombée. À force de titiller son orgueil, j'avais obtenu une promenade autour du lac. Un seul tour. Dix minutes. Sous une lune claire, un ciel dégagé. Les mâchoires serrées, il m'avait suivie, mais je ne l'aurais pas eu une seconde fois. Alors ici, au cœur de la forêt, des ténèbres, de nos terreurs d'enfants...

J'ai trouvé un dégagement sur le bord du chemin, d'immenses blocs de roche menaçants sur ma gauche, quelques troncs prêts à être débités. En éteignant les phares j'ai eu l'impression d'envoyer une invitation aux ombres tapies sous les racines, dans le ventre de la montagne. Volez, rampez, fourmillez, c'est l'heure du repas. De la chair vivante et de la chair morte, il y en aura pour tout le monde. J'ai rallumé la radio, doucement. Lou Reed, « Vanishing Act », probablement pas le plus rassurant mais je n'allais pas écouter la Compagnie créole de toute façon.

Je me suis glissée sous M. sur la banquette arrière, mon dos contre la portière, ses épaules contre ma poitrine. Je lui ai remis du parfum. Sa nouvelle odeur était présente mais je m'y suis accoutumée. Le froid d'avril envahissait l'habitacle, mordait ma peau. J'ai résisté à l'envie d'allumer le chauffage. Le froid était bon pour M. C'était la première fois qu'une chose se révélait bonne pour lui, mauvaise pour moi. Je ne savais pas si j'allais parvenir à dormir. Je m'habituais aux ténèbres, évitant de regarder autour de nous. La forêt m'effrayait. Peut-être qu'elle brûlerait dans quelques mois, et alors je m'en voudrais de l'avoir trouvée menaçante. Elle est plus vulnérable que moi. Je me suis demandé comment j'allais mourir. Dans un incendie de forêt ? Noyée par une inondation ?

S'il avait vécu quelques années de plus, comment aurions-nous traversé les désastres à venir avec M. ? La prochaine pandémie, la guerre, les pénuries ? Si nous avions dû quitter la ville, fuir nos maisons, nous serions-nous regroupés, votre famille et la mienne, pour former une espèce de tribu ? Ou aurions-nous laissé les événements nous séparer ? Je vois Audrey se battre depuis des années, alerter, hurler. J'ai longtemps culpabilisé de ne pas avoir son énergie, sa hargne, d'être trop paresseuse sans doute. Ou trop désillusionnée. Culpabilisé aussi de ne pas avoir mieux préparé ma fille. Mais préparée à quoi ? Comment se préparer quand on ignore la forme que prendra l'ennemi ?

J'ai plongé mon nez dans ses cheveux, posé le castor en peluche sur sa poitrine.

Je me suis rappelé la première fois que nous avions dormi ensemble. C'était chez moi. Vous étiez partie pour le boulot, votre fils passait la nuit chez un copain. On se voyait depuis plusieurs mois, six ou sept, je ne sais plus exactement. Des rendez-vous calibrés, les heures amputées, les séparations prématurées. Pour la première fois, nous avions presque vingt-quatre heures rien qu'à nous. Le luxe. Je me suis réveillée plusieurs fois cette nuit-là. Étonnée, émerveillée de le trouver là, dans mon lit. Il ronflait, doucement, presque un ronronnement. J'avais enfin le loisir de l'observer. Chaque pore de sa peau, chaque ride, chaque poil. Me retenant de l'embrasser pour ne pas le réveiller. M'empêchant de m'endormir pour ne pas gaspiller les heures.

J'avais fini par sombrer, malgré tout.

Audrey doit partir, me laisser seule quelques jours. Ça l'inquiète. Elle m'a parlé à travers la porte, s'est presque excusée, elle a pu reporter quelques dates de spectacle mais là elle doit vraiment repartir en tournée.

Vas-y Audrey, va sauver le monde. J'ai besoin de personne.

Elle est comédienne, joue des monologues hybrides, entre conférence et stand-up, qu'elle écrit après des mois d'enquête sur des sujets environnementaux. Celui qu'elle joue en ce moment parle de l'industrie agroalimentaire bretonne, des liens entre grands patrons, politiques, lobbies, coopératives, et la misère des agriculteurs, les désastres écologiques, la souffrance des animaux. Écrit comme ça, ça peut sembler plombant, mais Audrey parvient à faire rire, à trouver de la légèreté, tout en attisant la colère du public. On sort de son spectacle bouleversé, la libido révolutionnaire remontée à bloc, bouillonnant d'une joyeuse envie d'aller foutre le feu à un ministère.

Elle cite les noms, les marques, dénonce les conflits d'intérêts, les fraudes, ce qui lui vaut autant de menaces de mort que de procès. Évidemment.

Elle prétend qu'elle ne craint rien, qu'ils n'oseront pas s'en prendre à elle de peur de la transformer en martyre et de décupler la visibilité de ses luttes, n'empêche qu'elle ne se déplace jamais sans sa lacrymo, et demande toujours aux organisateurs de ses spectacles de surveiller sa voiture pendant qu'elle joue.

Elle m'a laissé des provisions pour une semaine. Peut-être qu'elle a demandé à la voisine de passer changer ma litière et me gratter entre les oreilles aussi.

Je réalise que je boude. Depuis que je suis rentrée, je ne pleure pas, je fais la gueule. La vie m'a pris M., qu'elle aille se faire foutre. Que tout le monde aille se faire foutre. Sauf vous. Et Nina. Vous êtes les seules contre qui je ne sois pas en colère. C'est peut-être aussi pour ça que je vous écris. Je ne sais pas pourquoi, j'imagine que vous réagissez avec plus de dignité. J'emmerde la dignité. Je pue. Je me suis un peu lavée au début mais maintenant je macère dans le même pyjama jour et nuit. J'emmerde l'hygiène.

Le présent ne me va pas, je retourne à mes souvenirs.

Le jour n'était pas encore levé mais l'obscurité autour de nous m'apparaissait moins menaçante. J'aurais voulu ouvrir une fenêtre, entendre les bruissements de la forêt, sentir le parfum de l'aube. Un nuage de condensation s'était formé devant ma bouche. J'ai embrassé son oreille glacée, puis je l'ai sucée pour la réchauffer, l'ai embrassée de nouveau, j'ai goûté l'illusion de lui vivant, son oreille chaude sur ma langue et l'odeur de ses cheveux sous mes lèvres.

Je ne sentais plus mes jambes. Le froid et le poids de son corps les avaient engourdies. Avec mon téléphone, j'ai éclairé mon pied droit à côté du sien. Gris pour lui, bleu pour moi. J'ai pensé que j'aurais pu mourir là, qui s'en serait aperçu ? Combien de temps aurait-il fallu pour que mes proches s'inquiètent ? Mais je n'avais toujours pas envie de mourir. Il me fallait de la force. Je devais agir.

Je me suis rappelé cette conversation sur la plage, ce qu'Eddy avait raconté à propos de cette femme, la coupeuse de feu. Et si j'allais la voir ? J'avais besoin de mots, même si je n'y croyais pas. Qu'on m'indique une direction, même au hasard. Je n'avais rien à perdre.

J'aurais dû être rentrée depuis une douzaine d'heures maintenant. M. aussi. Chez moi personne ne s'inquiétait encore, Nina ne connaît pas le détail de mes allées et venues, et je ne devais voir Audrey que samedi.

Chez vous, je ne veux pas savoir. Vous allez recevoir ma lettre dans quelques heures peut-être. Je vous ai imaginée, inquiète, cherchant à joindre M. sur son portable, sa voix sur sa messagerie, inflexible.

Depuis que je suis rentrée, il m'arrive de l'appeler, vous n'avez pas encore désactivé son numéro, j'écoute son répondeur : « Bonjour, je ne suis pas là pour l'instant, en cas d'urgence envoyez-moi un mail, j'y répondrai dès que possible. » L'espace de quelques secondes, j'imagine qu'il est encore là, qu'il va me rappeler, qu'il me demandera s'il peut passer boire un café chez moi. C'est un jeu idiot. Il faut que j'arrête. Je me demande au bout de combien de temps les opérateurs téléphoniques réattribuent les numéros des morts.

Il fallait que je retrouve Eddy. En retournant sur la plage, je serais capable de situer sa maison. Après on verrait.

Je me suis dégagée doucement en me contorsionnant dans l'habitacle et suis sortie du monospace. Je me suis étirée, puis j'ai enfilé un jean, la température avait chuté de quelques degrés depuis la veille. J'ai fait quelques pas autour de la voiture pour réveiller mes jambes. M. aurait dû venir, me prendre par la main, faire une longue promenade avec moi, comme il l'avait fait quatre jours auparavant. Me parler, essayer de me pousser dans le ruisseau, m'embrasser contre un arbre à m'en tatouer l'écorce dans le dos.

En reprenant la route sinueuse sous le ciel rose, j'ai réalisé que j'aimerais encore. Pas tout de suite, pas avant longtemps même, mais ce matin-là ça m'a paru possible. Plus comme avant lui, plus n'importe comment, peut-être même plus un homme.

M. m'avait appris à prendre ma place, à prendre forme. Avant lui j'étais une matière molle, presque liquide, qui s'ajustait aux nécessités de l'autre.

En m'interrogeant continuellement sur mes besoins, il m'avait appris à m'y intéresser, à les autoriser. À m'autoriser. Il me laissait de l'espace sans laisser de vide. Je me suis solidifiée à son contact, un noyau s'est formé au centre de la matière molle.

J'ai pensé qu'il faudrait établir la liste des mercis, ne rien oublier quand je lui lâcherais la main.

Sur la plage déserte à cette heure, j'ai repéré la maison et ne me suis pas attardée, le clocher me regardait et les bras des morts pouvaient encore surgir du lac. Le jour n'empêchait rien.

En remontant vers le parking, j'ai entendu la voix de Romain : « Tu n'y arriveras jamais. » Romain aimait me rappeler mes limites de fille sexy en short, de créature un peu étourdie, distraite pour ne pas dire tarte. La fille sexy en short griffe les pare-chocs, perd ses clefs, ne tient pas l'alcool, laisse cramer les plats, est incapable de lire une carte routière. Alors que dire quand de carte routière il n'y a pas ? La fille sexy en short a besoin qu'on la rappelle à ses déficiences, qu'elle oublie fréquemment, pas besoin d'être méchant : « Ma chérie ça ne marchera pas » avec caresse sur la nuque, ou l'humour, très efficace : « Vas-y, essaie, on regarde », goguenard. Il faut l'encadrer, lui suggérer, la conseiller, lui recommander, la protéger d'elle-même. On ne peut pas tout avoir, fille sexy en short, socialement, c'est énorme, déménagements gratuits, examens oraux réussis, contrôles techniques finger inzenoze, promotions canapé, époux milliardaires – « D'ailleurs un jour tu me quitteras pour un plus riche » : n'oublions jamais la nature vénale de la fille sexy en short.

J'ai dépassé la grange au toit d'ardoise, la maison devait être un peu plus loin, sur les hauteurs. Depuis que je ne suis plus avec Romain, je ne peux m'empêcher d'avoir une pensée pour lui chaque fois que je trouve mon chemin sans GPS. C'est un jeu, un exercice qui m'amuse, dont je n'entends pas laisser la technologie me priver.

Je me suis garée dans l'allée d'Eddy. L'horloge affichait 6 h 49. Un peu tôt pour sonner. J'ai coupé le moteur, je n'étais plus à une heure près.

La peau s'apprivoise. J'ai besoin de temps. Je ne comprends pas Tinder, les coups d'un soir, et ça n'a aucun rapport avec l'histoire du sanglier. Rien à voir avec la peur. Simplement, un corps s'apprend, s'explore, la première fois vient souvent trop vite pour moi. C'est pas grave, c'est juste un peu raté. À peine le temps de voir l'autre nu, renifler son torse, chercher ses formes du bout des doigts, il est déjà à l'intérieur. Et le « Attends, j'ai envie de prendre mon temps » n'a pas trop la cote en ce moment. Peut-être que ça viendra. Peut-être qu'on gagnera cette liberté-là aussi. Avec M., depuis la soirée du premier baiser, le flirt dans le parc, ses mains sur mes hanches, il était devenu urgent qu'on se trouve une chambre, un lit. Deux ou trois semaines s'étaient écoulées, nous avions appris à nous embrasser à l'ombre des arbres, dans la forêt. Mon désir pour lui s'insinuait dans chaque parcelle de mon existence pour la fissurer, s'insinuer encore, la faire éclater. Si on m'avait annoncé qu'il ne me restait que quatre heures à vivre, je crois que j'aurais choisi de les passer dans un lit avec lui, et pas auprès de ma fille. J'étais dans un état proche de la dissolution, les mains que je passais sous sa chemise, sur la chair fine de son dos, le relief de ses côtes, la douceur de ses lèvres, plus rien ne suffisait.

Il m'en fallait davantage. Maintenant.

La présence d'Hugo m'encombrait, limitait mes mouvements, je l'avais quitté sans explication ni remords et avais loué cet appartement trop petit, comme une solution temporaire.

C'était un soir de juin.

J'avais préparé un dîner froid, me doutant que rien n'adviendrait selon une chronologie prévisible et que si M. arrivait dans le même état de fébrilité qu'au bar de jazz il serait opportun de commencer par le lit.

Mon intuition s'est vérifiée avant même qu'il ne sonne. Un message : « J'aurai peut-être 10 min d'avance – smiley rougissant – smiley yeux en cœur. » Je me suis vue sourire. Sa nervosité me rassurait. J'imagine qu'un homme qui collectionne les maîtresses finit par acquérir une forme d'aisance. Il m'avait assuré que j'étais sa première histoire clandestine, j'avais fait semblant de le croire, passage obligé dans ce genre de relation, je suppose. Mais sa nervosité le disculpait mieux que n'importe quelle promesse. M. n'était pas un coureur. Pourquoi était-ce si important pour moi ? Pourquoi pas un coureur au fond ?

Parce que l'amitié. M. était réellement devenu mon meilleur ami, et aucune galoche sous les arbres n'y aurait rien changé. Il était hors de question qu'il ne soit que de passage. J'avais déjà l'intuition que cette chose entre nous, quel que soit le nom qu'on lui donne, survivrait aux caprices du désir, mais pas au mensonge.

Eddy n'était pas chez lui. Je ne voyais pas non plus le van de Justin. Peut-être étaient-ils partis tôt pour faire du parapente, je ne sais pas. C'était prévisible.

J'ai pleuré un peu en remontant dans la voiture, je me suis sentie honteuse. J'étais une connasse opportuniste. Je m'étais servie de ces gens la veille, je les avais plantés sans leur donner d'explication et maintenant je revenais vers eux parce que j'avais besoin de retrouver la Bouniane.

Je me suis remise à rouler sans savoir où aller, traversant le village endormi. Un rond-point en fleurs, une scierie, des dômes de plastique verts bleus jaunes pour les poubelles, des clôtures en rondins de bois noir. J'avais le sentiment qu'un dieu m'observait de là-haut, et qu'il me jugeait. Que l'absence d'Eddy et de Justin était une forme de punition, une façon de me dire de me démerder. Et c'était pas la peine de chouiner en plus. Je me suis arrêtée sur le bas-côté, devant une colonne de boîtes aux lettres métalliques, ai enfoncé mes doigts dans mes orbites. Je n'avais pas le droit de m'apitoyer sur mon sort, pas maintenant. J'étais un monstre, ce que je faisais était monstrueux, le savoir ne m'empêchait pas de le faire, j'ai cherché la main de M., sa froideur m'a pulvérisée, j'ai enfoncé mes ongles dans mon cuir chevelu, raclé la peau vers mon front, j'avais besoin d'une douleur terrestre, qui me ramène à ma chair, m'empêche de tomber à l'intérieur de moi, j'ai essayé de crier, ma gorge a capitulé, j'ai continué de me griffer le front, jusqu'au sang, m'exaspérant et me rassurant de ce corps vivant, apte à souffrir, à s'épancher, à jouir. J'ai entendu sa voix, douce, calme, mon amour arrête, ça ne sert à rien, ça va aller, respire, ça ira mieux demain.

J'ai repris sa main, l'ai serrée, quelques gouttes de sang ont coulé sur mes lèvres, j'ai pensé au Christ avec sa couronne d'épines, me suis trouvée pathétique, il me fallait un mouchoir, j'ai attrapé une serviette chiffonnée dans le porte-gobelet, rêche et grasse. J'ai eu envie d'une douche.

Il fallait que j'appelle Jacky.

Sur la route, le ballet des vacanciers reprenait doucement. Kayaks ou vélos sur les toits des voitures, de la vallée au sommet ou inversement, le troupeau promenait ses mômes et son ennui.

J'ai rallumé mon téléphone.

Je crois que j'aurais aimé qu'on ne se déshabille pas tout de suite, qu'on prenne le temps d'épuiser chaque étape, chaque vêtement, chaque centimètre carré de peau avant la capote et le missionnaire. M., comme j'avais pu m'en apercevoir avec le premier baiser, préférait avancer, procéder à un premier tour rapide, on prendrait le temps d'explorer plus tard. Il était doux, prévenant, à l'écoute, c'était pas le sanglier évidemment, mais nos rythmes différaient. Et à cette époque j'étais encore cette matière molle, presque liquide, alors je n'ai pas dit : attends, on a toute la soirée. Je ne voulais pas avoir l'air prude, ni instaurer ce jeu entre nous « tu accélères-je freine ». J'ai suivi, adopté son rythme. Je n'étais pas certaine qu'il y aurait une seconde fois, peut-être que c'est aussi pour ça que je voulais prendre mon temps. À ce moment-là on ne s'était rien dit, on n'avait pas parlé de ce qui se passait entre nous. J'imaginais sans doute que faire l'amour était une étape que nous devions franchir pour évacuer la tension, passer à autre chose. Rester amis. Je ne pouvais pas imaginer... Je n'envisageais pas de devenir la maîtresse d'un homme marié, et je ne l'imaginais pas vous quitter.

Je crois que je concevais l'idée que ça pouvait être nul, un peu décevant et qu'on n'aurait pas envie de recommencer. J'avançais à l'aveugle, sans contrôle.

Je n'avais pas prévu que ça durerait aussi longtemps. Jusqu'à sa mort. Que huit ans plus tard je baladerais son cadavre à travers la montagne.

On a donc fait l'amour pour la première fois, un peu patauds, inquiets. J'ai rentré le ventre, espéré que l'éclairage ne dénoncerait pas mon penchant pour la crème caramel, que je n'aurais pas l'air trop délurée, ni trop peu, que je présenterais la juste quantité de poils, de chair, d'enthousiasme. Comment on jouit dans tout ça ?

On attend la fois d'après. Ou celle d'encore après.

– Pourquoi tu veux savoir ça ?

La voix de Jacky sonnait rauque. Je crois qu'il m'en voulait de ne pas lui avoir dit au revoir, d'avoir jeté les clefs dans la boîte aux lettres comme une vulgaire locataire.

– J'ai une copine à qui on vient de diagnostiquer un cancer, incurable a priori. Elle est prête à essayer n'importe quoi.

– C'est qui ? Je la connais ?

– Non, une collègue du lycée...

Je pense qu'il m'a crue. C'était moins compliqué que je ne le craignais. Mais il m'a prévenue, elle ne reçoit pas les gens qu'elle ne connaît pas. Il paraîtrait même qu'elle ne reçoit plus personne depuis quelque temps. Pour ce qu'il en sait, les derniers qui ont tenté d'approcher sa maison ont été reçus au .22 long rifle. Elle ne maîtrisait pas que les sciences occultes apparemment. Selon lui, ça ne servait à rien de faire le déplacement, mon amie ferait mieux de profiter du temps qui lui restait avec les siens. Merci Jacky pour tes conseils, on va se débrouiller.

J'avais un appel en absence de ma mère. Sur le groupe WhatsApp de la famille, elle signalait que son opération s'était bien passée. Nina a manifesté sa joie avec deux émojis : champagne, cotillons. On devait lui poser un stent. J'aurais dû appeler. C'était au-dessus de mes forces, impossible de mentir à ma mère. Si j'avais entendu sa voix, je me serais effondrée. J'ai envoyé : « Formidable, je t'embrasse fort. » Elle serait vexée mais pas inquiète. J'ai éteint mon téléphone.
Je m'étais garée au bord de la route, sur un terre-plein en gravier devant un hangar rouillé. Le soleil frappait la toiture en tôle ondulée de ses rayons froids. Il allait encore faire stupidement beau aujourd'hui. La mort de M. aurait mérité un siècle d'orages et de nuit. J'ai entamé le paquet de brioches industrielles. Ça remplissait un peu à défaut de nourrir. M. les aurait aimées je pense.

Pour une fois j'ai consenti à utiliser le GPS, je n'avais plus de temps à perdre. J'ai entré l'adresse que Jacky m'avait indiquée, c'était à une cinquantaine de minutes de route. J'ai laissé le barrage et le village d'Eddy dans mon rétroviseur. La température avait chuté, le thermomètre de la voiture affichait un petit cinq degrés. Tant mieux pour M. J'ai ouvert les fenêtres et remis mon gros manteau. Dire que la veille je me prélassais en short sur la plage. Ce matin sentait presque la poudreuse. J'avais entendu dire que ça skiait encore tout là-haut, à grand renfort de canons à neige. Je n'ai jamais bien compris ce goût de s'entasser dans des bennes à humains pour aller se déchirer les ligaments croisés entre la raclette et le vin chaud. Peut-être que je rate quelque chose. Romain adorait le ski. Il l'adore toujours. Moi j'ai plutôt tendance à penser que l'humain a davantage été programmé pour la sieste, la cueillette et la baise, comme tous les grands primates, mais chacun son truc...

Dans la vallée, je me suis arrêtée pour reprendre de l'essence. Pendant le plein j'ai observé le barrage. Je me trouvais sous la falaise de béton. Nina m'avait expliqué que si elle venait à céder, à cause d'un séisme par exemple, la vallée serait engloutie par un tsunami de trente-sept mètres de haut en moins de neuf minutes.

Une demi-heure plus tard, la route serpentait au milieu d'une forêt de sapins. J'ai traversé un hameau désert, volets fermés, aucun commerce. Qui vivait là ? Je n'avais plus croisé une seule voiture depuis une bonne dizaine de minutes. Seuls me parvenaient le bruit du moteur et le chant d'oiseaux dont j'ignorais le nom. J'ai ralenti à cause du bitume en mauvais état. Sur le GPS le drapeau à damier se pavanait à deux cents mètres devant moi. Dans une chicane, j'ai dû quitter la route pour emprunter un chemin caillouteux qui s'enfonçait dans la forêt. Le soleil qui s'infiltrait entre les branches formait d'étroites flaques de lumière blanche. Par ma fenêtre ouverte je percevais des parfums de résine et de terre sèche.

Une angoisse floue m'a saisie, irraisonnée. J'ai commencé à en chercher l'origine, mais tout semblait paisible autour de moi. Pourtant mon cerveau m'avertissait d'un danger, comme une alarme silencieuse au creux de ma gorge. J'ai repensé au récit d'Eddy ; à mesure qu'il s'avançait vers la maison, l'inquiétude se muait en terreur, il avait été obligé de rebrousser chemin.

Pourquoi pas des chouettes clouées aux arbres aussi ? J'ai décéléré, m'interdisant de m'arrêter. Sur l'écran, le drapeau à damier se rapprochait. Je devais quand même admettre que mon angoisse grandissait. Probablement parce que je venais de me souvenir du .22 long rifle. J'ai encore ralenti en essayant de me persuader que c'était à cause des ornières. Le GPS indiquait vingt mètres. Je regardais autour de moi, la forêt respirait, bruissait, sereine, j'avais pourtant le sentiment de glisser dans la bouche du diable. L'angoisse a dégénéré en panique. J'avais soudain la certitude qu'un serpent noir était en train de ramper sous mon siège, qu'il allait sauter et me mordre le visage.

Un soir, je devais avoir huit ans, nos parents étaient sortis et Audrey m'avait laissée regarder *Freddy les griffes de la nuit* avec elle en me faisant jurer de garder le secret. Chaque nuit, pendant des mois, j'avais vu ses longues griffes de métal se poser sur le rebord de la fenêtre qui faisait face à mon lit, son feutre brun apparaissant très lentement, comme s'il se hissait sans effort, puis son visage carbonisé fendu d'un sourire sardonique, le regard planté dans le mien, et il se mettait à dodeliner de la tête, hilare. Je le voyais, aussi sûrement que les chiffres rouges de mon réveil digital sur la table de nuit. Freddy Krueger venait me rendre visite chaque soir et je ne pouvais en parler à personne sous peine de trahir ma sœur.

Là il venait d'apparaître sur le siège passager. Je pouvais sentir son odeur de sang, de chair brûlée, de marécage. J'essayais de ne pas le regarder. Le GPS annonçait dix mètres. Brusquement la nuit s'est abattue sur la forêt, comme si on avait actionné un interrupteur. Il était midi et le soleil s'était éteint. La commande de mes phares a refusé de fonctionner, j'ai freiné à bloc.

L'écran du GPS s'est désactivé. Autour de moi l'obscurité insondable de la forêt, les créatures qui la hantaient pointaient leurs museaux dans ma direction. Les griffes de Freddy s'approchaient de ma joue. Le serpent noir s'enroulait autour de ma cheville, glissait sous mon jean, montait vers ma cuisse. Ça n'existait pas, c'était juste mon imagination, tout ça pouvait disparaître si je le décidais, je ne craignais rien.

J'ai fermé les yeux, pressé l'accélérateur doucement, bravé la viscosité glacée du serpent autour de mon genou, ignoré la pointe d'acier qui me transperçait la joue. Avant la nuit, je l'avais vu, le chemin descendait tout droit, si je me concentrais sur le volant, si je maintenais ma direction, je ne craignais rien. J'entrerais dans la bouche monstrueuse, elle pouvait décider de me dévorer, tant pis, mais il était hors de question que je fasse demi-tour. J'ai accéléré, les yeux toujours fermés.

Il y a eu un claquement, un choc, puis une lumière vive a traversé mes paupières. J'ai freiné, ouvert les yeux. Le jour était là, éblouissant, Freddy avait disparu, le serpent aussi, j'ai touché ma joue, intacte. Dans mon rétroviseur, j'ai juste eu le temps d'apercevoir une petite maison de pierre avant un second claquement. Mon pare-brise arrière a éclaté. Ça c'était bien réel, j'ai redémarré et accéléré sur le chemin cahoteux.

Hugo était une erreur, facile à diagnostiquer a posteriori. Je redoutais d'être seule à payer mon loyer, je l'ai déjà dit. J'aurais pu vivre avec Audrey, j'aurais pu inventer autre chose. Bref. Je crois que je craignais surtout de ne plus vivre sous la protection d'un homme.

Ma mère voulait un garçon. Elle a d'abord eu Audrey, puis moi et seulement après mon frère, Nicolas. J'ai grandi avec la conscience d'avoir déçu, dès ma naissance, par mon sexe. Nicolas est né un 2 novembre, le jour de la fête des morts. Audrey se moquait de lui à ce propos quand nous étions petits. Elle prétendait qu'aucun enfant ne pouvait naître à cette date, que Dieu ne le permettait pas, parce qu'il avait décidé que ce jour devait être entièrement consacré à la mémoire des vies anciennes. Selon la théorie d'Audrey, il ne pouvait exister que deux explications à la date d'anniversaire de notre frère. Soit Dieu, qui portait tous les enfants à naître dans ses bras, avait trébuché sur un caillou posé là par le diable, et Nicolas était tombé sur terre par accident, un jour trop tôt ; soit nos parents lui avaient attribué cette date de naissance parce qu'ils ignoraient la vraie, preuve qu'il avait été adopté. Des deux explications, je ne parvenais pas à décider laquelle me paraissait la plus cruelle : qu'il soit né d'une erreur de Dieu, ou qu'il ne soit pas l'enfant de nos parents.

Surtout, je sentais que l'erreur c'était moi. C'est moi qui aurais dû naître un 2 novembre. Au moins je savais que j'étais bien la fille de mes parents, je me disais : « S'ils m'avaient adoptée, ils auraient choisi un garçon, donc je suis bien née de ma mère. » Ça ne m'a pas empêchée d'être aimée. Toute cette histoire remonte à la génération précédente, j'ai mis des années à le comprendre, alors que ça paraît si évident une fois qu'on l'énonce.

Ma grand-mère était l'aînée d'une fratrie de filles. (C'est curieux, il n'existe pas de mot pour désigner un groupe de sœurs, comme si le frère allait de soi, toujours. On pourrait dire une sororie ?)

Cinq sœurs. Chaque naissance avait été une déception pour mon arrière-grand-père, qui voulait un fils. Son amertume grandissait à mesure que ses filles voyaient le jour. À chaque fois, en rentrant de l'hôpital, il passait sa rage et sa déception sur son aînée, à coups de ceinture, comme si c'était elle qui le privait d'un héritier.

Elle s'est mariée tôt pour échapper à ce père brutal. À dix-huit ans, elle s'est attachée à faire mieux que sa mère : mettre au monde un garçon, donner à son père un petit-fils. Son mari, lui, s'en fichait pas mal, filles ou garçons, du moment que ça babillait et foutait un joyeux bordel. Il était couvreur-zingueur, propriétaire d'une petite entreprise, il dirigeait une quinzaine d'ouvriers. Un matin d'hiver il a glissé d'une corniche gelée, mort sur le coup, à vingt-neuf ans. Ma grand-mère avait eu le temps de donner naissance à trois filles. Sans formation, sans métier, elle a repris l'affaire. Elle s'est mise à monter sur les toits elle aussi, à diriger les équipes, distribuer le travail, donner des ordres. Sceptiques au début, les ouvriers ont bien été obligés d'admettre qu'elle était aussi capable que son mari. Peut-être même davantage. Les chantiers se sont multipliés, le carnet de commandes grossissait au même rythme que l'entreprise qui s'est mise à embaucher encore et encore, diversifiant les activités, plomberie, chauffage, électricité, isolation. Quand ma mère et mes tantes ont été en âge de travailler, elles ont rejoint ma grand-mère dans ce qui s'apparentait désormais à un petit empire du bâtiment. Sans père ni frère, elles avaient fait fortune dans un univers masculin, elles étaient compétentes, puissantes, riches. Et pourtant dès qu'un homme débarquait dans la famille, amoureux ou fils, il était accueilli tel le messie. Comme si leur débrouillardise n'était que transitoire, une solution par défaut, pour assurer l'intérim en attendant l'homme providentiel. J'ai mis du temps à réaliser que je me comportais de la même façon, inquiète à l'idée de ne pas vivre sous la protection d'un mec, à la recherche permanente du mentor, du père, du frère. Me plaçant automatiquement dans une posture asymétrique, subordonnée. Il est probable que je sois retournée vers Hugo non malgré le viol, mais à cause de lui. Un sanglier c'est fort, c'est dangereux, c'est masculin. Bien sûr, je ne prétends pas m'être affranchie de mes vieux schémas avec M. Ma vie tournait autour de lui, il m'indiquait le nord, il était mon homme providentiel. Mais je vivais seule, payais mes factures seule, projetais mes vacances seule, travaillais seule. J'avais quitté Hugo trois semaines après avoir embrassé M. pour la première fois. Je me rappelle le vertige contre lequel il m'avait fallu lutter à l'idée de déménager. Cet homme ne m'aimait pas, n'aimait pas ma fille, sa présence me dérangeait et pourtant je craignais de vivre sans lui, sans personne pour le remplacer. Parce que je savais que M. ne vous quitterait pas, il n'en a jamais été question. Est-ce que je dois en conclure que j'ai choisi un homme marié pour cette raison ? Parce qu'il laissait l'espace nécessaire à mon émancipation ?

En tout cas, s'il m'est arrivé de regarder d'autres hommes, d'accepter des invitations à dîner, de me laisser séduire parfois, l'idée du couple classique, le schéma on s'aime-on emménage ensemble-on se présente à nos familles-on se mélange m'horrifiait.

Pourquoi pas un mors dans la bouche aussi ? Je ne crains pas les hommes, je crains mon propre penchant pour la subordination.

Aujourd'hui, pour la première fois, je n'ai plus d'homme.

Les pare-chocs du monospace ont souffert sur une centaine de mètres, encaissant les ornières à une vitesse démesurée, puis le chemin a formé un coude, longeant la roche, de sorte que je me suis rapidement retrouvée hors de vue de la maison et hors de portée des coups de feu. Devant moi, impossible de continuer, le chemin de pierre déjà difficilement praticable laissait la place à un vague sentier qui disparaissait entre les arbres. J'étais coincée. J'ai coupé le contact, tiré le frein à main, me suis jetée hors de la voiture, ai dévalé le sentier. Est-ce que la Bouniane me suivait ? Aucune envie de m'arrêter pour vérifier. En contrebas coulait une mince rivière invisible depuis la route. Je n'avais plus couru aussi vite depuis l'école primaire. Le sol humide, glissant, inégal ne m'aidait pas, je risquais de me tordre une cheville ou de m'éclater un genou à chaque pas. Mon corps perdait l'équilibre, puis se rattrapait, entraîné par la gravité. Il fallait que je parvienne à la rivière, après j'aviserais. Une douleur vive m'a pincé la cheville droite. Une branche morte avait dû l'écorcher, pas le temps de regarder. Devant moi le sentier s'échouait sur la berge, boueuse à cet endroit. Sur ma gauche, la rive s'élevait et formait une petite falaise de roche grise. J'ai mis les pieds dans la rivière et l'ai suivie sur quelques mètres, m'enfonçant dans l'eau glacée qui m'arriva bientôt à la taille. Le courant, plus fort que je ne l'imaginais, m'a déséquilibrée mais j'ai tenu bon. J'avançais prudemment sur les pierres glissantes, m'accrochais à la roche, ignorant la douleur qui commençait à irradier depuis ma cheville. Plaie ou entorse, l'eau glacée ne pouvait pas faire de mal. D'ailleurs je ne sentais plus mes jambes, ni mes fesses, ni mon sexe, anesthésiés par le froid. Uniquement cet élancement.

Quand Nina était petite, nous faisions une promenade toutes les deux, près de chez Jacky, le long d'un ruisseau descendu des glaciers. Nous sautions de pierre en pierre, gravissant la montagne jusqu'à un petit bassin, comme un barrage minuscule, où le ruisseau semblait reprendre son souffle avant de continuer sa descente vers la vallée. Même en plein été, au soleil, l'eau ne dépassait pas les dix degrés. Le jeu consistait à s'y plonger, tout habillées, la tête sous l'eau, puis à entamer la descente vers l'hôtel au rythme chuintant de nos baskets trempées, le jean collé aux cuisses, le corps affolé par le froid, auquel succédait rapidement la sensation inouïe du soleil réchauffant l'eau de nos vêtements, de nos cheveux, avant qu'elle ne s'évapore. Nous rentrions aussi sèches que du sable, comme si la rivière et notre jeu appartenaient à un autre monde, dont nous seules possédions la clef.

Aujourd'hui il ne sera pas question de sensation inouïe. Nina n'est pas là. Elle ne sera plus jamais là telle qu'elle était alors, la tignasse indémêlable, des cartes Pokémon plein les poches.

Une grosse pierre émergeait le long de la petite falaise. En me hissant dessus, j'aurais peut-être une vue sur le sentier. Je suis sortie de l'eau, le jean lourd, me suis accroupie à l'abri de la roche pour jeter un coup d'œil prudent alentour. Personne. Je pouvais apercevoir le toit du monospace tout là-haut. Le calme semblait revenu sur la forêt mais le gargouillis du ruisseau m'empêchait de déceler les craquements de pas éventuels. Qui était cette femme ? Est-ce qu'elle risquait de me poursuivre pour me tirer dessus ? Si je remontais jusqu'à la voiture, est-ce qu'elle me laisserait repasser dans l'autre sens ? Aucune idée. L'élancement dans ma cheville m'a tirée de mes réflexions. Je me suis assise dos à la falaise pour examiner la partie de peau exposée entre ma basket et le bas de mon jean.

Une décharge de panique a frappé ma poitrine. Entre la malléole et le tendon d'Achille, deux petits trous espacés de la largeur d'un pouce.

« Les morsures de vipère ne sont pas mortelles. »
« Les morsures de vipère ne sont pas mortelles. »
« Les morsures de vipère ne sont pas mortelles. »
Je me suis répété la phrase comme un mantra.
Une petite voix m'a répondu que, si, parfois, elles
l'étaient. Je lui ai suggéré d'aller se faire foutre.

Je devais remonter vers la voiture. Continuer à marcher dans la forêt n'aurait aucun sens, ç'aurait été du suicide. Je préférais affronter la dingue à la Winchester. Et puis, elle était coupeuse de feu, elle soignait les gens, elle n'allait quand même pas m'exécuter froidement, si ?

En remontant le sentier, j'essayais de faire le tri entre la douleur et l'effroi, distinguer les symptômes physiologiques des symptômes psychologiques. J'aurais voulu me rouler en boule au pied d'un arbre, appeler ma mère. C'est ce que je pensais faire une fois arrivée à la voiture. Je voulais que ça s'arrête, m'abandonner dans des bras protecteurs, me faire engueuler par Audrey, par Romain, par Jacky, je voulais que quelqu'un reprenne les rênes, un homme, retourner me vautrer dans ces atavismes que je fuyais depuis des années. Je voulais redevenir cette matière molle, presque liquide.

Je suis parvenue en haut de la pente en boitant, la trachée sifflante, prête à me jeter sous ma voiture si les coups de feu reprenaient, mais rien. Je me suis faufilée par la portière conducteur, restée ouverte. M. était tombé entre la banquette et les sièges avant. Son tee-shirt relevé laissait apparaître le bas de son ventre sur lequel des taches verdâtres s'étaient formées. Le verre feuilleté du pare-brise arrière dessinait une toile d'araignée autour d'un trou unique, vers la gauche. J'ai attrapé mon téléphone dans le petit vide-poche sous l'autoradio. L'écran ressemblait au pare-brise arrière : une toile d'araignée. J'ai mis quelques secondes à comprendre. Même résultat, même cause, la balle avait terminé sa course là, dans mon téléphone. Je me suis agenouillée sur le sol caillouteux, la tête sur le siège conducteur, ai laissé les larmes couler, des larmes d'épuisement, de terreur, d'auto-apitoiement. Si personne n'était là pour me consoler, il ne restait que moi.

Avec M., nous avions ce rituel lorsqu'il venait me voir : il sonnait, je lui ouvrais la porte, nous feignions la surprise : « Oh mais qu'est-ce que tu fais là ? » – « Je sais pas, j'ai vu de la lumière ! », il entrait et nous nous enlacions, quelques secondes, le temps de renifler l'humeur de l'autre, examiner son moral, y avait-il des plaies à lécher ?

Quelques fois, pas si nombreuses, peut-être une dizaine en tout, il m'était arrivé de me mettre à pleurer, sans objet, incapable de m'expliquer ou d'expliquer à M. l'origine du mal – était-ce un mal d'ailleurs ? – et puis ça passait, on se préparait un café, nous rapportions les nouvelles importantes, événements ou réflexions de la veille.

M. venait toujours chez moi, évidemment. Je ne suis jamais entrée chez vous, pas une seule fois. C'est curieux, non ? De connaître quelqu'un si intimement et de ne pas pouvoir se représenter son lieu de vie. Est-ce qu'on peut dire que je le connaissais, finalement ? En tout cas, ce mouvement à sens unique, lui qui vient, moi qui l'accueille, créait un déséquilibre que nous ne devions pas négliger. Ça me mettait dans une position d'attente passive assez inconfortable et asphyxiante pour mon amour-propre. Nous en parlions, rééquilibrions la partie de temps en temps, et ça passait.

Je voudrais pleurer dans ses bras une dernière fois.

J'ai glissé M. hors de la voiture, sur la couette, qui ressemblait davantage à une nappe de pique-nique qu'à un linceul. Un déjeuner sur l'herbe macabre. Ça n'était plus exactement M., sa peau trop blanche, son visage creusé, son odeur... Mais il restait quelque chose de lui, et je devais le protéger. Quelle heure pouvait-il être ? Le soleil me semblait haut dans le ciel, il était sans doute près de midi. Je voulais récupérer quelques minutes près de lui, reprendre mon souffle, chercher les derniers fragments de réconfort contre sa poitrine immobile, demander conseil à sa peau muette. Mais mes forces m'ont abandonnée. Ma cheville me faisait atrocement mal, et je ne parvenais plus à me relever. J'ai juste réussi à retirer ma basket droite en pressant le talon avec le bout de mon pied gauche. Il aurait fallu que je rampe jusqu'au coffre de la voiture, que je récupère le téléphone de M., le branche sur le port USB, fasse tourner le moteur pour qu'il recharge, puis l'allume en le ramenant ici, presse le pouce de M. sur le capteur biométrique. Impossible. Une nausée abominable me clouait au sol. Ma cheville était si lourde et douloureuse que j'avais l'impression qu'on m'avait chaussé une bottine de ski en fusion. Il aurait fallu que je boive de l'eau. J'avais tout laissé sur le siège passager, l'eau, les brioches, le vin.

Elle était où, la soigneuse ? Elle allait vraiment me laisser crever ici ? J'essayais d'appeler au secours mais mon souffle mourait à quelques centimètres de ma bouche. J'ai pris la main de M. Je ne l'avais pas souhaité, mais pourquoi pas finalement ? Mourir près de lui, nos deux corps dévorés par les mêmes bêtes, corbeaux, renards, fouines... Nos chairs s'unissant une dernière fois dans les mêmes estomacs, dissous par les mêmes sucs. Ça n'était pas exactement aussi poétique que Roméo et Juliette mais on avait passé l'âge depuis longtemps. Et puis les corps de Roméo et Juliette, s'ils avaient été réels, n'auraient pas échappé à la décomposition.

En tout cas, si je le rejoignais quelque part, si un « quelque part » existait, j'aurais un paquet de choses à lui raconter. Cette fois c'est lui qui m'ouvrirait la porte, feindrait l'étonnement, je lui dirais : « J'ai vu de la lumière », on s'enlacerait, je pleurerais, lui aussi, puis il me ferait du café, on s'affalerait sur un lit, et je me lancerais dans le récit de ces derniers jours. Peut-être que je n'en aurais pas besoin. Peut-être qu'il a tout vu. Peut-être qu'il est encore là.

J'ai ouvert les yeux, la nuit était tombée, sournoise. Je grelottais. Je n'étais pas morte. Pas encore. Je me suis blottie contre le corps de M. qui ne me réchauffait plus, ai rabattu la couverture sur moi. La bottine de ski était toujours là, lancinante. La nausée aussi. Le froid venait de la montagne, mais pas seulement, j'avais de la fièvre. La cime noire des arbres formait une crête sur laquelle se découpait le ciel clair, quelques nuages filandreux. La nuit me paraissait moins menaçante que la veille. Peut-être parce que je ne devais pas pénétrer dans la forêt, j'y étais déjà, j'en faisais partie. Le murmure de la rivière me berçait. Bien sûr, si je regardais vers le sol je pouvais imaginer les yeux écarlates de la bête tapie dans les profondeurs opaques de la nuit. L'obscurité était trop dense, c'était une bouche, celle de la forêt, et elle allait fondre sur moi dans un souffle strident, me dévorer et recracher mon âme en lambeaux, condamnée à errer dans ces montagnes.

J'essayais de focaliser mon attention sur le ciel, les astres. La lune, presque pleine, apparaissait entre les branches épineuses. Les étoiles ressemblaient à des trous qu'on aurait percés dans une voile noire. Peut-être que je voguais sur une caravelle géante, allongée sous le foc de chanvre obscur rongé par les mites. Peut-être qu'elle m'emmenait vers ces planètes lointaines où rien n'existe que des tempêtes de glace silencieuses, des incendies permanents, des océans d'hydrogène. On pourrait y jeter mon corps microscopique, qui ne troublerait rien. On pourrait y jeter la terre entière.

J'aurais voulu lui expliquer les constellations mais je n'y connaissais rien. Je ne me rappelle pas qu'on se soit un jour couchés comme ça, sous les étoiles, à disserter sur l'immensité de l'univers, c'est un truc que font les amoureux, non ? Trop cliché pour nous ?

Je me suis mise à chanter. La chanson de mon premier chagrin d'amour, peut-être le seul. J'avais quatorze ans. Non pas le seul, la séparation avec Romain a été horrible, mais est-ce qu'on parle encore de chagrin d'amour quand il est question de garde alternée, de notaire, de qui va garder l'appart, et la voiture, et l'album photo des cinq premières années de la petite ? On dit séparation, divorce, rupture, on fait le deuil du passé, alors que le chagrin d'amour fait plutôt le deuil de l'avenir. C'est une histoire avortée. Je ne sais plus si je lui avais raconté le mien, d'une banalité affligeante. J'étais amoureuse de ce garçon depuis des mois, des années même, il m'avait embrassée puis le lendemain il avait changé d'avis, merci au revoir. Tragiquement quelconque. En réalité, ça ne le serait peut-être pas si je prenais le temps de raconter, comme avec le sanglier. Ça n'est jamais quelconque, l'envol amoureux, éblouissant, qu'on fracasse. Un baiser qui surgit, quand on espérait à peine un regard, nous arrache à la solitude, pour nous y jeter de nouveau.

Je fredonnais cet air que je n'avais plus voulu écouter depuis. « Harvest Moon ». Il racontait un couple d'âge mûr, dansant sous la lune, se remémorant son histoire. La chanson disait « *because I'm still in love with you* ». Dans mon petit anglais approximatif d'adolescente, j'entendais la nuance. Neil Young ne disait pas « *I'm still loving you* » (comme le beuglaient les Scorpions à la même époque), « Je t'aime encore », il disait : « Je suis encore amoureux de toi. »

À quatorze ans, après avoir reçu ce baiser je me projetais une soixantaine d'années plus tard, prête à jurer que, dansant sous la lune, ces mots seraient les miens, pour ce garçon.

Là, écrasée par ce ciel noir, sur cette impasse de rocaille, grelottant de fièvre, je pouvais voir l'adolescente que j'étais s'asseoir à côté de moi. Elle venait de traverser les vingt-sept années qui nous séparaient et elle m'observait, incrédule, déçue. J'aurais voulu lui demander pardon, lui expliquer que j'avais commis des erreurs, que ça n'était peut-être pas ce qu'elle imaginait quand elle se voyait chanter « Harvest Moon » à un gars sous les étoiles mais que c'était tout ce que j'avais, qu'on ne choisit pas, que tout était moins simple que ce qu'elle se figurait et que, en dépit des apparences, cette histoire était belle. Que ce qu'elle croyait avoir trouvé avec ce garçon, c'est avec M. que je l'avais vécu, au moins une fois dans ma vie, et que je n'étais pas certaine qu'on soit nombreuses à pouvoir l'affirmer, va demander à la femme enceinte sur la plage, va demander à celle qui donne le sein à Nina pendant que le sanglier se fait un café, va demander à ta mère, à tes tantes.

M. était mon ami, c'était tout ce que je demandais, c'était tout ce que l'adolescente que j'étais demandait, « aussi léger à porter que fort à éprouver », celui à qui je pouvais tout dire, absolument tout, devant qui j'étais moins pudique qu'envers moi-même. Alors j'étais peut-être en train de fredonner une berceuse à un mort sur une montagne humide et blasée, prête à mourir moi-même d'une morsure de vipère, mais je l'avais eue, ma Harvest Moon.

Je l'ai vue en me réveillant. M. avait la bouche entrouverte, je ne sais pas pourquoi. Hier elle était fermée. Derrière ses lèvres sèches et noires, les taches sur ses incisives semblaient d'une blancheur irréelle. Elle se tenait là, au bord de sa bouche. Une mouche monstrueuse, noire et irisée, frottant ses pattes l'une contre l'autre. Je me suis redressée et l'ai chassée, horrifiée à l'idée qu'elle ait pu entrer, pondre je ne sais quoi. Je ne veux pas imaginer. Elle s'est envolée mais s'est immédiatement reposée sur son oreille. Je l'ai chassée encore.

Cette fois elle est allée se poser sur son bras, près de la manche de son tee-shirt. Je l'ai laissée faire, retenant ma respiration. Elle est restée là quelques secondes, indécise. Je n'avais jamais vu de mouche aussi grosse. Est-ce que dans sa communauté de mouches elle était considérée comme hors norme ? Est-ce que l'obésité ou le bodybuilding existent chez les diptères ? Est-ce que, comme nous, ils répondent à des critères sociaux étroits et arbitraires ? C'est seulement à ce moment que j'ai réalisé que l'aube était là, la nuit ne m'avait pas tuée. Mieux, la fièvre et la nausée avaient presque disparu. J'ai regardé ma cheville, violacée, toujours douloureuse, si gonflée qu'elle formait un bourrelet autour du bas de mon jean.

La mouche a fait quelques pas vers le creux du coude de M., dont la passivité avait cessé de me surprendre. Puis elle est remontée vers le tee-shirt, finalement décidée, y est entrée, impatiente. J'ai frappé, sec, fort, faisant trembler le corps de M.

J'ai soulevé la manche, elle était là, écrasée mais pas morte. Je me suis entendue rire, victorieuse, compte pas sur moi pour t'achever, connasse.

— Elle ne faisait que son travail.

La voix a claqué derrière moi, aiguë, tremblante.

Je me suis retournée, tremblante à mon tour.

Elle se tenait là, à quelques mètres de moi. Comment ne l'avais-je pas entendue arriver ? Une petite femme sèche, pantalon à poches trop large, débardeur noir sur des épaules noueuses, à peine plus âgée que moi.

Indifférente au corps de M., elle m'observait, s'allumant une clope, j'avais l'impression de passer un casting.

— Tu peux marcher ?
— Je sais pas.

Ma voix sortait mal, empêtrée dans ma gorge.

– J'ai de la soupe.

J'ai regardé M.

– Laisse-le, dans son état il ira nulle part.

Elle a ricané et s'est mise à marcher vers sa maison. J'ai couvert M. avec la couette, en essayant de ne pas penser aux autres bestioles qui risquaient de l'attaquer.

Je me suis levée, impossible d'enfiler ma basket évidemment. Appuyée juste ce qu'il fallait sur le bout de mon pied pour boitiller comme une carne estropiée, pitoyable, j'ai suivi la Bouniane qui ne m'attendait pas.

À l'intérieur de la petite maison, pas de chat empaillé, de bocaux remplis d'yeux d'enfants, peu de meubles, ça sentait la solitude gaie. Un tapis élimé sur le plancher, lequel semblait avoir été jeté là, à même la roche. Dans un coin, un poêle à bois, comme dans le petit chalet près du lac. (Est-ce que d'autres occupants nous y ont déjà succédé ? Est-ce qu'ils dorment bien ?)

Pas de cuisine, juste un évier accroché au mur, une casserole posée sur le poêle, une cabine de douche. À l'autre bout de la pièce, un lit simple autour duquel s'entassaient des dizaines de livres, une petite table vermoulue, une chaise.

Elle m'a pointé du menton le seul fauteuil de la pièce, une bergère jaunâtre au velours râpé dans laquelle je me suis laissée tomber, et m'a tendu un bol de bouillon brûlant. Je n'avais rien mangé depuis les brioches de la veille. Elle s'est assise sur la chaise, m'a fait face, a éteint sa clope, croisé les bras, comme si on devait entamer une discussion sérieuse, comme si on se connaissait, j'ai entendu la voix de mon père : « J'ai un œuf à peler avec toi », il commençait toujours les sermons comme ça quand j'étais ado, « J'ai un œuf à peler avec toi », je pouffais, je nous imaginais, penchés tous les deux sur le même œuf. Un jour j'avais répondu : « On pèle pas un œuf, on l'écale », il avait bafouillé un truc, embarrassé, perdant le peu d'autorité qu'il pensait avoir.

Visiblement, elle avait quelque chose à me reprocher. (On en parle de mon pare-brise arrière, de mon smartphone ?)
J'ai supposé que si elle avait voulu prévenir la police elle l'aurait déjà fait. Pas besoin d'être Sherlock Holmes pour comprendre que cette femme n'aimait pas beaucoup les flics.
Puisqu'il fallait bien parler, je me suis lancée, ai bafouillé un « merci » en levant légèrement mon bol de bouillon vers elle, qui a plissé les yeux pour toute réponse.
— Je l'ai pas tué si c'est ça la question.
Elle s'est allumé une cigarette.
— Je peux en avoir une ?
Elle a glissé le briquet dans le paquet et me l'a lancé. Des Marlboro light. Qui fume encore des Marlboro light ?
J'ai arrêté il y a des années, peu après avoir rencontré M. Avant ça, j'avais arrêté pour ma grossesse,

puis recommencé juste après, puis arrêté avec Romain, puis recommencé quand on s'est séparés. J'ai un rapport particulier à la cigarette, j'adore fumer et j'adore ne pas fumer. Les matins d'hiver, j'aime observer, à la fois condescendante et envieuse, les gens qui fument dans les embouteillages, leurs doigts grelottants dans la fente de leurs fenêtres entrouvertes.

Je ne crois pas qu'elle m'ait soupçonnée de l'avoir tué. Mais il allait falloir que je raconte. Je n'avais pas envie de prononcer les mots. Je n'avais pas envie d'articuler M. est mort, dans le lac. M. s'est noyé. M. ne reviendra pas. Et moi je ne sais plus comment vivre.

J'ai posé le bouillon, il était trop chaud de toute façon. Une larme est venue mouiller le filtre de ma clope. Fait chier. Dis-moi que tu lis dans les pensées, ma vieille. S'il te plaît. Si tu sais guérir les brûlures, faire tomber la nuit en plein jour, invoquer Freddy Krueger, tu es forcément télépathe.

Elle s'est levée, a ouvert une armoire.

– Bon, tu vas commencer par désinfecter ça. Enlève ton jean.

Elle m'a tendu un flacon d'alcool et une boîte de compresses. Pas de cataplasme de plantes sauvages ? Tout fout le camp, les sorcières ne sont plus ce qu'elles étaient.

– T'as pas eu de bol, la plupart du temps les vipères n'injectent pas de venin. Mais t'es pas allergique, c'est déjà ça. Sinon tu serais morte.

Est-ce qu'elle est venue jeter un œil cette nuit, quand j'étais inconsciente ?
– T'as un short ou un training ou n'importe quoi de large dans la voiture ?

J'ai peur d'oublier M. Que les choses m'échappent avec le temps. Comment l'empêcher de disparaître ? Les photos, les vidéos ne racontent pas grand-chose. Il faudra garder nos messages, des milliers et des milliers de « Comment ça va ce matin ? », « Bonne nuit mon amour », « Tu me manques ».

Comment garder l'odeur de ses mains ? Le goût de sa bouche, de son sexe ? Le velours de ses fesses ? Sa langue à l'intérieur de moi, la rugosité de son menton, son front fatigué, sa joue endormie contre ma poitrine, son souffle dans mes cheveux, nos heures de fièvre, nos corps comme des jungles à explorer, dont nous étions devenus les spécialistes à force d'expériences, de discussions, de ratages, de fous rires ?

Ces questions m'ont hantée dès les premiers mois avec M. Bien sûr je n'imaginais pas que ça finirait de cette façon, aussi brutalement. Mais la conscience aiguë, douloureuse, de la fin de tout me saisissait après l'amour, je le serrais, le nez contre sa nuque, versais quelques larmes silencieuses, reconnaissante de son corps là, contre le mien. Désespérée que ça doive s'achever un jour.

    Je fais le deuil de lui depuis le début. Je n'ai rien à regretter, je n'ai pas gaspillé une seconde. Je l'ai aimé comme je n'aurais pas pu aimer à vingt ans. Je crois qu'on ne s'aime vraiment qu'à l'ombre de la mort. Ou quelque chose comme ça.

En revenant avec ma valise, elle m'a signalé qu'elle s'appelait Sonia, au fait, au cas où ça m'intéresserait.

J'ai bredouillé que oui bien sûr, enchantée. J'ai enfilé un vieux training beaucoup plus approprié à ma cheville difforme et me suis laissée retomber dans le fauteuil.

– Pourquoi vous m'avez tiré dessus ?

– Déjà, on va se dire tu, et puis je ne t'ai pas tiré dessus, j'ai tiré sur ta voiture. C'est tout ce que j'ai trouvé pour qu'on me foute la paix.

Agenouillée devant moi, elle enroulait un bandage autour de ma cheville, la clope entre les lèvres. Deux sillons encadraient sa bouche, comme des parenthèses, je me suis demandé si elle avait ri souvent dans sa vie.

– Les gens croient que je peux tout soigner. Au début, ça me dérangeait pas, je faisais ce que je pouvais, puis ils sont venus de plus en plus nombreux, ça ressemblait à Eurodisney un soir de Noël ici. J'ai commencé à refuser du monde, certains sont devenus fous, m'ont menacée. Alors j'ai foutu tout le monde dehors.

– Et ce que j'ai ressenti en arrivant ? Une vague d'angoisse, puis la terreur ?

– Ça fait reculer les moins motivés, c'est déjà ça...

– Mais c'est quoi ? Un sortilège ?

– Si tu veux.

À quoi tenait-elle, qu'est-ce qui lui importait ?

– Tu venais me voir pour quoi exactement ? Si tu espérais un miracle pour ton copain, tu risques d'être déçue.

– Je sais pas exactement... Je voulais... je voulais trouver autre chose pour lui, pas les funérailles classiques, je voulais qu'il soit bien, je voulais pas l'abandonner, je voulais pas le quitter mais maintenant je sais pas. Toute seule j'y arrive pas. Je pouvais pas affronter le regard de ma mère, ou de ma fille, je voulais pas les mêler à ça. On s'est aimés seuls tous les deux, je veux dire, dans notre coin, cachés, j'ai voulu continuer comme ça, le garder pour moi. Mais voilà, je suis fatiguée. Et puis il y a sa femme et son fils et tous les gens qui l'attendent et qui ne le voient pas revenir, je sais bien que je n'ai pas le droit de faire ça mais merde... Alors je me suis dit que je perdais rien à essayer... Maintenant si tu veux appeler la police ou si tu préfères que je m'en aille, je peux rien te dire, je ferais sans doute pareil à ta place, voilà.

Elle a tiré sur sa clope, a plongé une main dans sa chevelure rêche.

– Mais tu veux faire quoi ? L'enterrer ici ?

– Oui, je sais pas, faire quelque chose de joli, qui lui ressemble, prendre le temps, faire brûler de l'encens, le veiller, lui parler, l'accompagner, parler de lui, tenir sa main, prendre le temps vraiment, pas un truc d'une demi-heure dans un crématorium en plastique ou même d'une demi-journée autour d'un pain surprise et d'une tasse de café tiède.

Sonia a poussé le long soupir de quelqu'un qu'on a dérangé pendant sa lecture, puis elle a pelé une petite peau sèche sur sa lèvre inférieure.

– Je peux te reprendre une clope ?

Elle m'a fait signe « vas-y » de la main sans me regarder, agacée d'être interrompue dans ses pensées, puis elle s'est levée et est sortie sans un mot. J'ai entendu ses pas s'éloigner vers ma voiture, vers le sentier qui menait à la rivière.

J'ai fumé ma clope en silence, aussi tendue que si j'attendais le verdict d'un jury d'assises. Le tabac me faisait un peu tourner la tête, comme lorsque j'étais adolescente. Mon regard s'est promené sur les photos accrochées aux murs. Sur l'une d'entre elles, une femme d'une soixantaine d'années, la mère de Sonia certainement, les mêmes parenthèses autour de la bouche. Elle était assise derrière une table en formica, les mains jointes autour d'une tasse de café, face à la personne qui la prenait en photo, le regard farouche de celle qui se croit indigne d'être observée, mais l'expression brumeuse, énigmatique, à la fois douloureuse et gaie, un amour vif. Sans que je puisse me l'expliquer, cette image m'a bouleversée.

Sonia est revenue, les sourcils froncés, a passé la langue sur sa lèvre où la peau arrachée avait laissé une trace de sang.
– Je vais pas appeler les flics. T'es une putain de tarée et tu t'es mise dans une merde qui m'intéresse pas. Les problèmes des autres, j'en ai plein le cul. Je peux t'héberger ce soir, le temps que ta cheville dégonfle et que tu puisses reprendre la route, mais ça s'arrête là. Si tu veux l'enterrer ici, libre à toi, la montagne m'appartient pas, tu te démerdes.
Elle désigne le mur du fond de la cabane.
– Y a une bêche à l'arrière si tu veux.

Je suis retournée m'asseoir près de M. La couette était toujours rabattue sur lui, je n'avais pas envie de voir ce qu'il se passait dessous. J'ai juste glissé une main pour lui caresser les cheveux. De la rivière montait une odeur glacée, tellurique, mêlée à celle de l'humus et de la résine de sapin.
Le vent s'est levé, des nuages noirs s'engouffraient dans la vallée vers l'est, du côté du barrage. Il allait falloir le mettre à l'abri.

Au début, nous ne nous voyions quasiment que chez moi. M. se montrait prudent, angoissé à l'idée que vous puissiez découvrir notre histoire. S'il nous arrivait de sortir, je pouvais sentir l'espace qu'il mettait entre nous, quelques centimètres, pas grand-chose, ce qu'il faut pour distinguer une collègue d'une amante.

Au bout de quelques mois – je ne pourrais pas situer le moment exact –, il s'est détendu. J'observais, silencieuse, la distance qui se réduisait. Je crois qu'il ne s'en rendait pas compte, un simple relâchement dans son corps, une ouverture vers le mien.

Je me suis mise à regarder les gens qui marchaient par deux dans la rue, cherchant à deviner leur degré d'intimité. Le rythme de la marche, la distance, l'inclinaison d'un visage, les morphologies parlent. À cette période, si nous avions croisé une connaissance elle aurait deviné que nous étions amants.

Aucune preuve visible, nous aurions pu nier, mais l'impression, la certitude aurait persisté.

Puis un jour – celui-là je m'en souviens bien, c'était un an après notre rencontre –, il m'avait rejointe à la sortie du lycée, nous avions prévu de passer la soirée ensemble. Nous nous dirigions vers mon appartement, le premier soleil d'avril resplendissait, M. marchait d'un pas léger. Je découvrais sa joie du printemps, qui ne cesserait de m'émerveiller chaque année qui suivrait, son corps qui se déliait, son rire qui semblait renaître, son désir impatient. Il aurait pu se mettre à sautiller sur ce trottoir, comme un enfant, ça ne m'aurait pas surprise. Nous descendions une avenue bordée d'arbres, dans le tumulte des sorties d'école, M. m'écoutait lui raconter ma journée, lorsqu'il a bifurqué pour traverser la rue, attrapant ma main pour que je le suive. « Ça t'ennuie si on passe vite à la boulangerie ? Je crève de faim. » Son geste avait été involontaire, sans calcul. Je l'ai suivi, troublée. Quand nous sommes arrivés sur le trottoir d'en face, il a gardé ma main dans la sienne, il voulait sans doute assumer son geste, ne pas le faire apparaître pour ce qu'il était : un acte manqué, un lapsus du corps. Nous avons fait la queue à la boulangerie comme ça, soudain silencieux, tendus et euphoriques. Je n'osais pas le regarder, de peur de briser l'instant, je fixais mon attention sur le vieil homme devant nous, ses doigts fiévreux qui comptaient la monnaie dans sa paume.

Que signifiait ce geste ? Voulait-il me dire quelque

chose ? Avait-il soudain l'intention de vous quitter ? Je devais bien admettre que parfois la tentation du couple me rattrapait. Je me suis vue le présenter à ma mère, mes amis, mes collègues, fière et légitime, visiter des appartements avec lui, choisir un canapé, persuadée que cette fois les choses seraient différentes, que je serais plus habile, plus intelligente. Nous n'avons jamais évoqué cette possibilité à haute voix, pas une fois en huit ans. Pas concrètement en tout cas. Nous faisions des plans pour plus tard, des idées vagues, un chalet au bord d'un lac de montagne, un grand chien espagnol ronflant devant la cheminée, avec la certitude rassurante que rien de tout ça ne se produirait.

Mais au moment où il me tient la main dans cette boulangerie, nous ne nous connaissons que depuis un an, notre pacte est encore opaque et élastique.

Il choisit un croissant, me demande si je veux quelque chose, non merci, m'embrasse furtivement la joue. Nous sortons, les mains toujours soudées.

Depuis ce jour nous avons arrêté de nous cacher, nous embrassant ou nous tenant la main dans la rue. J'appréciais de ne pas avoir à me comporter comme une maîtresse, dissimulée, honteuse. Je sais que je ne l'aurais pas aimé longtemps s'il avait voulu m'imposer des protocoles de sécurité. Chez moi il se lavait avec mon savon, me serrait dans ses bras quand je venais de me parfumer, il ne m'a jamais demandé de ne pas l'appeler le soir ou le week-end, ce genre de choses.

Aujourd'hui encore je me demande ce que vous saviez, ce que vous aviez compris. Je crois qu'il laissait volontairement des indices, non pour que vous découvriez la vérité, mais pour qu'elle ne vous surprenne pas si vous deviez l'apprendre un jour. Ou peut-être était-ce sa façon de vous dévoiler les choses petit à petit, pour que votre relation se transforme en douceur. Je ne sais pas. C'est ce que j'aime me raconter. Que quelque part vous saviez, que vous aviez simplement décidé de regarder ailleurs, que vous aviez même peut-être un amant aussi. Qu'aujourd'hui vous n'êtes pas en train de vous demander qui est cet homme avec lequel vous avez partagé presque trente ans de votre vie. Il vous aimait, pardon, je me répète, mais je ne veux pas que vous pensiez qu'il est resté avec vous par lâcheté. Il vous aimait. J'espère que je ne vous apprends rien.

Sonia a refusé de laisser entrer M. chez elle. Elle a dit qu'il puait. On l'a allongé à l'arrière, sous l'abri à bûches auquel on a accroché une bâche pour le protéger de la pluie qui avait commencé à s'abattre en salves denses. J'ai attrapé la bêche et me suis mise en quête du meilleur endroit pour lui. Pas trop loin, il allait falloir que je transporte M. jusque-là. De toute façon, avec ma cheville, je ne risquais pas de faire le marathon de New York. J'ai de nouveau descendu le chemin vers ma voiture. Sur ma droite j'ai remarqué un appentis à la toiture couverte de panneaux solaires, cinglés par l'averse. Mon training déjà trempé, mes pieds barbotaient dans mes baskets. Sous ce ciel sans ambition, d'un gris modeste, presque blanc, la montagne avait autant de charme qu'un zoning industriel. Difficile de repérer un lieu convenable pour M. J'avais presque envie de faire demi-tour, de l'emmener au crématorium. Quand j'avais imaginé ses funérailles au pied d'un chêne centenaire, le soleil brillait, des papillons virevoltaient entre les coquelicots et les marguerites, je portais une longue robe blanche, les biches, les renards et les lapins de la forêt se joignaient à nous. Un moineau se posait sur ma main élégamment levée et je chantais avec la voix de Blanche-Neige. Là je ne voyais que des racines, de la mousse, de la rocaille, je ne savais même pas comment j'allais creuser là-dedans. J'ai emprunté le sentier qui descendait vers la rivière, en regardant où je posais les pieds cette fois. Arrivée sur la berge, j'ai choisi de la suivre vers la droite. Les arbres me protégeaient presque de la pluie. J'ai pensé à la femme de la plage. Que faisait-elle en ce moment ? Avait-elle dû renoncer à ses plans de la journée à cause de la météo ? J'étais certaine qu'elle ne s'était pas laissé surprendre. Elle devait être en train de jouer aux petits chevaux avec ses filles, dans le chalet de location. Monsieur prenait sa douche, il s'était levé tard.

Je me suis rappelé avec Romain, les premiers mois de Nina, comme la fatigue nous avait transformés en animaux. Ou m'avait transformée en chienne en tout cas, lui je sais pas. Au début, quand je me levais la nuit pour m'occuper de la petite, j'avais un regard attendri sur mon homme, profondément endormi, si beau, si inoffensif. Ça avait duré une dizaine de jours, après quoi la tendresse s'était muée en agacement, puis en haine pure. La privation de sommeil m'a amenée aux confins de la raison. Nina n'a pas dormi plus de trois heures d'affilée jusqu'à ses deux ans. Romain travaillait à l'époque, pas moi. C'était la raison qu'il invoquait pour se débiner lors des réveils nocturnes. Et puis, si cette enfant ne dormait pas, est-ce que je n'y étais pas un peu pour quelque chose ? Si je l'avais un peu laissée pleurer au début, on n'en serait pas là. Sur le moment, je n'ai pas compris l'injustice. Je n'ai pas réalisé que si je n'avais pas de boulot, c'était peut-être parce que mon CDD de prof n'avait pas survécu à l'annonce de ma grossesse, qu'une fois l'enfant sortie de mon ventre aucune place en crèche publique n'avait pu lui être trouvée, malgré les listes d'attente, les coups de fil suppliants, qu'une place en crèche privée boufferait les trois quarts de mon salaire, alors tu comprends chérie, ça vaut pas vraiment le coup, autant que tu t'occupes de la petite, ça grandit tellement vite à cet âge-là, reste à la maison, profite. J'ai pas réalisé combien j'étais épuisée, que passer ne serait-ce que deux heures loin de mon bébé m'apparaissait comme un luxe inespéré, que sa présence m'arrachait à moi-même, constamment, à mes pensées, m'abrutissait, et que ça ne s'arrêtait jamais, pas même la nuit. Alors regarder Romain dormir, avec cet air de légitimité tatoué sur le front, comme s'il attendait qu'on le félicite pour sa dure journée de travail, ça m'enflammait parfois les tripes, et Nina somnolant sur mon bras, comme un léopard sur sa branche, mon poids se balançant d'un pied sur l'autre avec une régularité de métronome, j'avais parfois envie de lui lancer à la tête le premier objet venu. Pas pour qu'il prenne le relais. Juste pour qu'il ne dorme pas. Pas tant que je n'y aurais pas droit moi aussi. À force, évidemment, l'écart s'était creusé, j'étais devenue tellement plus compétente que lui avec la petite que je lui en demandais de moins en moins.

Un soir, à bout de force, je l'avais supplié. On était à table, et à propos de rien mon ventre s'était mis à trembler. Ça avait commencé par des spasmes légers, qui étaient rapidement montés vers ma gorge, pour se transformer en sanglots. Pas de larmes au début, ça ressemblait presque à des haut-le-cœur successifs, saccadés. Puis ma gorge a émis un drôle de bruit, comme un mugissement, et j'ai eu juste le temps d'enfouir mon visage dans ma serviette pour cacher la grimace immonde qui me déformait la bouche. Là les vrais sanglots ont démarré, bouillonnants, irrépressibles, les larmes et la morve dans ma serviette. Romain s'est inquiété, évidemment, il a posé sa main sur mon bras, « Qu'est-ce que tu as chérie ? », et moi je ne pouvais pas articuler une syllabe, il fallait d'abord que je laisse sortir toute cette merde qui me noyait. Puis quand ça a fini par se calmer, quand j'ai pu reprendre mon souffle, j'ai dit que j'étais fatiguée, que j'étais prête à me couper plusieurs doigts pour une nuit de sommeil. Juste huit heures à moi, sans lait en poudre, sans couche à changer. Là j'ai bien vu ce qui est passé dans ses yeux. Furtif mais sans appel. De l'agacement. Bien sûr il compatissait, bien sûr il allait m'aider, bien sûr cette nuit il s'occuperait de tout pour que je puisse récupérer. Mais je voyais bien que, de son point de vue, je m'étais mise dans cette situation toute seule. Qu'avec un peu de bon sens et d'organisation, cette gamine aurait fait ses nuits depuis longtemps, regarde la fille de ma sœur Annabelle, on ne l'entendait jamais, et elle faisait déjà des nuits de six heures à la maternité. Aucun rapport avec le goût d'Annabelle pour les uniformes et sa nostalgie de la guillotine. Moi non plus, à la place de sa fille, j'aurais pas moufté. Mais on ne touchait pas à sa sœur. Surtout qu'il n'avait rien dit. J'avais juste lu dans ses yeux. Gourde comme j'étais, je m'étais encore fichue dans une situation dont il allait devoir me sortir.

Je me suis couchée tôt ce soir-là, sans tenir compte du rythme de Nina. Évidemment j'ai ouvert un œil lorsqu'elle a pleuré la première fois, avant Romain. J'ai posé la main sur son épaule moite, la secouant doucement. Il s'est levé, en prenant son temps. Je savais que plus Nina pleurait, plus elle allait être difficile à rendormir. Pas mon problème ce soir. J'ai enfoui ma tête sous l'oreiller, autant pour me protéger du bruit que de la lumière du couloir, que Romain venait d'allumer. Pourquoi allumer ? Est-ce que j'allumais, moi ? Non. Parce qu'allumer, ça envoyait à la petite un mauvais message. On allume, on est réveillés, c'est la fête, amuse-toi. Je savais qu'il fallait préserver l'atmosphère nocturne autant que possible. Peu de bruit, peu de lumière. Avant d'aller la chercher dans son berceau, Romain est passé par la cuisine pour faire un biberon. Et il est allé traire la vache lui-même, sans aucun doute, vu le temps que ça lui a pris, pendant lequel les pleurs se sont intensifiés. Ma technique, j'aurais sans doute dû la lui expliquer : poser le biberon sur le lavabo de la salle de bains, avec la dose de lait en poudre, histoire de n'avoir qu'à le remplir d'eau du robinet tiède. J'avais abandonné l'eau en bouteille depuis longtemps. Secouer le biberon sur le trajet entre la salle de bains et la chambre de Nina, dix secondes chrono. J'ai entendu le bruit du micro-ondes. « Il chauffe le biberon au micro-ondes, ce con. » La vie de couple, on croit que ce n'est que de l'amour, mais je voudrais avoir accès aux pensées intimes de tous les couples du monde, spécialement ceux qui ont des bébés, même quand ils s'aiment, même quand tout va bien, je suis prête à parier mon clito qu'ils ont tous ces pensées, qu'ils confinent tous à une forme de détestation de l'autre à un moment. Surtout quand l'autre chauffe le biberon dans un putain de micro-ondes. Et probablement que si M. et moi étions passés par là, avions vécu ensemble, avec une poussette et des certificats de vaccination à gérer, on n'aurait pas fait beaucoup mieux. J'ai entendu la porte du micro-ondes s'ouvrir, puis Romain pousser un juron étouffé. On parie combien qu'il s'est brûlé ?

Pendant ce temps, la petite s'était mise à hurler. Mais je ne devais pas me lever. D'abord parce que j'avais DROIT à cette nuit de sommeil, même si c'était mal parti, ensuite parce que si j'interférais, tout ce qui se passerait mal après allait être ma faute. Et que le meilleur moyen d'apprendre, c'était de commettre des erreurs. Après tout, si j'étais devenue aussi compétente avec l'enfant, c'est parce que j'avais dû me démerder, c'était pas inné, j'avais appris tout ça en le pratiquant, nuit après nuit. Quand Romain est enfin entré dans la chambre de Nina, elle beuglait à s'en écorcher les poumons, puis il l'a sortie de son lit et j'ai entendu le bruit de la petite bouche goulue qui attrape la tétine et le silence est revenu.

Ma chance c'est que, même énervée, je me rendors comme un chat.

Je ne sais pas si Romain l'a fait exprès. J'aurai toujours un doute. Mais cette nuit a été un désastre, Nina s'est réveillée plus fréquemment que d'habitude, Romain a enchaîné les maladresses et le lendemain tout le monde était d'une humeur de chien enragé. Et les fesses de la petite, écarlates de n'avoir pas été changées pendant des heures. Et pourtant, je ne peux pas dire que Romain soit un mauvais père, comparé à ce que j'ai pu voir chez mes amies. Mais j'ai compris qu'en ce qui concernait la gestion des nuits, il serait plus simple de ne compter que sur moi-même.

Je parierais mon clito *et* mes tétons que le mec de la plage n'a jamais changé les couches de ses filles, pas une fois. Et cette folle qui s'infligeait un mioche de plus. Est-ce qu'elle regrettait, le ventre lourd, penchée sur le plateau de jeux, les bourrasques de pluie comme du gravier jeté sur les vitres de l'appartement

Pierre & Vacances, priant ses filles de ne pas faire trop de bruit parce que papa avait besoin de calme le matin ?

La rivière m'a menée à un espace plus dégagé, une forme de petite prairie cernée par la forêt. Ça serait ici. Quoi qu'il en coûte, quelles que soient les surprises qui m'attendaient, je creuserais ici. Et puis on verrait.

Je crois que j'ai toujours été vieille. Je me suis peu droguée, la came me fait peur – à l'exception des joints, mais ça ne compte pas, le cannabis est une drogue de vieux –, j'ai peu fait la fête, j'ai baisé peu de mecs. J'ai préféré la lecture et l'ennui. J'aime l'ennui. J'aime le vertige des journées interminables. Peut-être parce que, face à ce vide, la mort me semble désirable, je cesse d'en avoir peur. J'ai consacré une partie de ma vie à créer les conditions de l'ennui. C'est sans doute pour ça que je n'aime pas la vie de couple. L'autre remplit. Mon temps, mon espace.

Romain avait besoin de rentabiliser les heures que le travail et le sommeil n'occupaient pas. Il fallait les combler, les agencer, en exploiter chaque seconde. Lorsque le week-end arrivait, j'avais cette image en tête, celle des concurrents de Fort Boyard qui se précipitent pour amasser un maximum de pièces d'or avant que la grille ne se referme. Ils cherchent la technique la plus efficace, les hommes utilisant le ventre de leurs coéquipières comme des vasques qu'ils transportent à bout de bras, d'autres se servant de leur tee-shirt, pour les jeter sur une balance, en accumuler autant que possible.

Ça commençait le jeudi, les groupes WhatsApp s'affolaient, un apéro le vendredi, une sortie le samedi après-midi pour aérer les enfants, un dîner le soir, un déjeuner le dimanche, un déménagement, un mariage, un spectacle, le concert d'un copain, un anniversaire. Je feignais l'enthousiasme et la curiosité, jouais mon rôle de bonne mère, bonne épouse, bonne copine. Je simulais. Et je culpabilisais d'avoir besoin de me forcer. Qu'est-ce qui faisait défaut chez moi ? Et puis les vacances, il fallait partir, trouver une location, s'organiser avec les copains, réserver, envoyer des mails, y répondre, acheter de la crème solaire, de l'anti-moustique, des sandales, des chapeaux, des maillots, une licorne gonflable, un nouvel appareil photo, des accessoires pour la tablette, tout un tas d'objets en plastique auxquels on devait ensuite trouver une place dans l'appartement, ou jeter.

Après ma séparation avec Romain, Hugo a pris le relais, d'autres activités, d'autres amis, d'autres destinations de vacances, mais toujours cet acharnement à faire des projets, gaver les heures. Et toujours cette culpabilité chez moi à n'y trouver aucun plaisir, à aspirer à l'immobilité, au silence, au vide.

Ensuite, quand j'ai quitté Hugo, j'ai enfin pu choisir. C'est Nina qui m'a montré la voie. Elle avait dix ans. Un samedi matin, alors que je cherchais une activité pour la journée, elle a sorti sa tignasse emmêlée de son bol de céréales et a déclaré : « J'ai pas très envie de bouger aujourd'hui. » Je crois que c'est le « très » dans sa phrase qui m'a fissuré le cœur. Ce besoin qu'elle a eu d'euphémiser sa demande. Parce qu'elle en connaissait déjà le coût social. Vouloir rester à la maison, c'est mal vu, ça isole, il faut aimer prendre part à la grande farandole de la consommation. Sinon c'est louche, c'est pas cool, c'est pas sympa.

À partir de ce jour-là j'ai accepté de ralentir, d'inverser le mouvement, sans réaliser que ça me coûterait autant d'énergie et d'amitiés. Dire non, temporiser, articuler « une autre fois peut-être ».

Chaque dimanche soir, lorsqu'il venait rechercher Nina chez moi, Romain me posait la question rituelle : « Vous avez fait quoi ce week-end ? » J'ai dû apprendre à répondre « Rien » sans baisser les yeux. Au fil du temps, sa question est devenue plus insistante : « Vous avez bougé un peu ? », et mon « Non » presque systématique le crispait. Je désertais définitivement le territoire de la bonne mère.

Lorsque je n'avais pas Nina, il est devenu rare que je quitte l'appartement en dehors de mes obligations professionnelles. J'invitais mes quelques amis à dîner, M. venait me voir, nous cuisinions ensemble, et le reste du temps je lisais. Pour M. ça ne changeait rien, nous nous sommes toujours vus à deux, chez moi, hors cadre social. Il lui est juste arrivé de croiser Audrey, elle avait insisté pour qu'on prenne un verre tous les trois. Elle supportait mal l'idée qu'un homme prenne autant de place dans ma vie sans le connaître, sans le valider. Il s'était plié à l'exercice, avait remporté l'épreuve haut la main.

Parmi les plaisirs de vieille que je partageais avec M., il y avait la bouffe. Rien d'original, je sais. Nous aimions manger, cuisiner, partager nos savoir-faire. Enfin, quand j'écris « rien d'original », c'est faux. Je connais beaucoup de gens qui aiment manger, mais je connais peu de couples qui cuisinent ensemble. En général, il arrivait chez moi vers 17 heures – encore une fois, j'ignore ce qu'il vous racontait, je posais rarement la question – les bras chargés d'un grand sac de provisions qu'il était allé acheter en fonction du menu que nous avions imaginé par texto. Souvent avec une petite surprise en plus, un morceau de fromage ou un bon pain. J'ai un couple d'amis qui s'offre de la coke, des champis, se déchire, sort jusqu'à midi, baise en groupe. Nous on s'extasiait devant un morceau de comté, une bouteille de bordeaux. À 23 heures, M. se rhabillait et je m'endormais, béate. La routine ne nous effrayait pas.

Et puis, parfois, nous avions besoin de plus, de temps long, de nuits entières, nous aimer à d'autres heures, alors nous venions là, dans le chalet au bord du lac, arracher quelques lambeaux de quotidien à la clandestinité.

J'ai décidé de remonter vers la maison de Sonia en milieu d'après-midi. La pluie n'avait pas cessé, je n'avais pas terminé de creuser. À mes pieds, un trou irrégulier, laid, déformé par les rochers et les racines blessées par la bêche. Il m'aurait fallu un seau, des gants, de l'aide. Pourquoi est-ce que, dans les films, creuser une tombe semble toujours si simple ? Pourquoi la terre y est-elle souple, légère ? Pourquoi on nous ment ? Mes mains rouges sur lesquelles des cloques se formaient par endroits, l'échine et les épaules douloureuses, j'étais épuisée.

J'ai boité misérablement sur le sentier qui remontait de la rivière. Je me suis demandé si la vipère était toujours dans les parages. Est-ce qu'elle souffrait de notre rencontre de la veille ? Après tout, je lui avais marché dessus. Peut-être qu'elle pestait, ondulant entre les fougères, contre cette raideur dans sa nuque, contre cette idiote qui ne pouvait pas regarder où elle posait les pieds. Ou alors elle était morte.

En passant près de ma voiture j'ai considéré le pare-brise arrière qu'il aurait fallu colmater avec un morceau de bâche ou des sacs plastique, et puis j'ai balayé cette pensée.

J'en avais assez fait aujourd'hui. Je mourais de faim.

J'ai jeté la bêche contre le mur de pierre, poussé la porte, me suis laissé envelopper par la chaleur du petit poêle. Sonia me tournait le dos, assise, penchée sur la table, occupée à une tâche que je ne distinguais pas. J'ai eu une vision de film d'horreur, je l'ai imaginée se tourner vers moi la bouche et le bas du visage couverts du sang de la chose qu'elle était en train de dévorer, un cœur humain ou un petit animal vivant, les orbites noires, mates, comme deux gouffres vers l'enfer. Au fond, je ne la connaissais pas. Je réalisais que la nuit allait tomber et que j'allais dormir là, dans cette maison. Où ça, d'ailleurs ? Il n'y avait qu'un lit. Et M. derrière, sous l'abri à bûches, comme un vulgaire cadavre de mouton. Pour la première fois, j'ai perçu qu'il n'était plus là, vraiment plus là. Si je ne pouvais plus dormir près de lui, c'est qu'il était parti pour de bon. Il n'était plus qu'un corps qui se décomposait, à quelques mètres, et je ne pouvais rien y faire. Mon impuissance me déchirait la chair, l'arrachait de mes mains, de mes bras. J'aurais voulu me coucher là, par terre, attendre la mort. Sonia a soufflé : « Approche. »

Seule une lampe sur pied luttait faiblement contre l'obscurité, faisant ramper son rai de lumière jusqu'à la table où Sonia s'affairait sur son ouvrage mystérieux. Elle avait parlé sans se retourner. C'est là que j'ai remarqué le bruit. Un bruit aigu de lime. Ses cheveux tremblaient sur ses épaules au rythme de ses bras qui s'agitaient. Les traînées de pluie sur la vitre formaient des ombres au sol, comme des vers qui ondulaient. Je l'ai contournée, me suis penchée sur la table. Sonia tenait une petite chose blanche entre ses doigts secs, le geste délicat, presque élégant, comme une manucure, et c'était effectivement une lime qu'elle frictionnait contre la chose blanche. Elle l'a posée sur la table et l'a poussée vers moi pour que je puisse la voir. J'ai eu un haut-le-cœur. C'était une dent. Avec une tache blanche de fluorose. Je me suis précipitée dehors.

Je me suis réfugiée sous l'abri, près de M. J'ai pris sa main glacée et humide et l'ai posée contre mon visage. Je lui ai demandé pardon. Qu'est-ce qui m'avait pris ? Le laisser là, faire confiance à cette sorcière. C'étaient pas les signes qui manquaient pourtant. Du .22 long rifle dans le pare-brise, ça éveille au moins une forme de suspicion chez la plupart des gens, non ? Pas chez moi. Non, moi, moi je veux toujours croire que les règles sont faites pour les autres, que je peux tout réinventer, me libérer du réel, partir à la découverte du monde le cœur ouvert et une couronne de pâquerettes dans les cheveux ! Qu'abolir la méfiance abolit le mal. Putain de connasse. Je n'ai pas osé regarder sous la bâche, je ne voulais pas voir son visage amputé d'une dent. Pardon. J'ai pensé à vous aussi à ce moment-là, et j'ai décidé de vous le ramener, là où il devait être, dans un cercueil, au sec, en sécurité. Voilà, j'allais le remettre dans la voiture, on allait partir d'ici, et dès que je serais sur la route je trouverais le premier poste de police, ou plutôt, non, le premier hôpital, ils avaient une morgue là, ils pourraient s'occuper de lui tout de suite. Et je me rendrais, j'allais assumer. J'étais prête.

— C'est ça, chiale, c'est ça en moins que tu pisseras.

La voix de Sonia, comme un croassement de l'autre côté de la bâche, je ne l'avais pas entendue arriver.

— Tu viens à l'intérieur que je t'explique ou tu vas dormir là ?

J'ai décidé de lui péter la gueule avant de partir. J'ai bondi hors de l'abri, l'ai poussée, les deux mains sur ses épaules, et elle est tombée à la renverse dans la terre détrempée. Je me suis jetée à côté d'elle, à genoux, et puis j'ai eu une seconde d'hésitation, je ne savais pas comment faire. Je ne m'étais plus battue depuis la cour de récré, et même là, le combat s'arrêtait toujours quand l'adversaire était au sol. Comment on casse la gueule de quelqu'un ? Je crois que j'ai hésité aussi parce que j'ai eu peur de lui faire mal. On ne m'a jamais appris à dominer un corps.

Elle ne m'a pas laissé le temps de réfléchir, s'est redressée, m'a renversée et l'instant d'après je me suis retrouvée à plat ventre, son genou sur mes reins, mon poignet entre mes omoplates, l'épaule sur le point de se déboîter, sa main dans mes cheveux qui enfonçait mon visage dans la boue. On était sur un sol rocailleux, peut-être cinq centimètres, mais ça suffisait pour me couvrir entièrement les narines et la bouche, les y enfoncer, empêcher la moindre particule d'air de passer. Dans la panique, j'ai ouvert les lèvres, comme si j'embrassais la terre, le goût m'a rappelé la gadoue quand j'étais petite, avec mon frère, mélange de terre, de brins d'herbe, de pissenlits, que nous finissions par goûter à coups de « chiche ». L'image du visage de Nicolas enfant m'est revenue avec une netteté foudroyante. Son sourire.

Ma main libre a pressé le sol à côté de ma tête pour m'en éloigner, redresser mes épaules, de toutes ses forces, mais Sonia s'est faite aussi lourde qu'un bloc de granite. Finalement elle a tiré mes cheveux en arrière, ça m'a permis de reprendre une grande goulée d'air, mais la boue s'est engouffrée dans ma trachée. À plat ventre, la cage thoracique écrasée, la tête rejetée en arrière, les narines bouchées, la gorge obstruée, mes poumons luttant pour faire entrer l'air, j'ai eu la certitude que j'allais mourir, et que ça allait être long.

J'ai entendu « merde », et Sonia s'est relevée d'un bond pour courir vers la maison. Je me suis redressée sur les genoux, j'essayais de tousser, puis d'inspirer, ça sifflait, ma trachée semblait réduite à un trou minuscule. Je me suis pliée en deux, ai tenté d'expulser les morceaux de terre. Sonia est revenue près de moi, m'a mis une bouteille d'eau entre les mains.

– Essaie ça.

J'ai bu quelques gorgées. Ça sifflait toujours mais il semblait que le trou s'était légèrement agrandi. J'ai soufflé pour expulser la boue de mes narines, j'ai senti mon visage gonflé, écarlate, mes yeux congestionnés. Sonia a étalé un chiffon sur le sol et s'est mise à dévisser un bic. Je l'ai regardée affolée, lui ai fait « non » de la tête.

— Ça va, tu es calmée ? On peut parler ?

Elle m'a prise par la taille, m'a aidée à me relever et m'a ramenée à l'intérieur. J'ai retrouvé peu à peu un souffle régulier, mais douloureux.

— Bon, va te laver, je passerai après.

J'ai commencé par me placer sous la douche tout habillée, les vêtements couverts d'une épaisse couche de boue. J'ai prié pour qu'elle ait l'eau chaude. Oui. J'ai laissé couler la boue à mes pieds, dans le tub en émail blanc, puis je me suis déshabillée lentement. J'ai eu l'impression qu'il allait me falloir des heures pour redevenir à peu près propre. Les grumeaux de boue et les brindilles dans mes cheveux emmêlés, la terre dans mon nez, le sable dans mes dents, la fureur et la culpabilité dans mon crâne. J'ai soufflé, craché, reniflé, craché encore, autant que possible. La vapeur a paru dilater un peu mes bronches. Je m'attendais à ce que Sonia se mette à gueuler parce que je prenais trop de temps, mais il semblait qu'elle avait renoncé à faire la garce pour quelques minutes. À la place, elle m'a tendu une bassine par-dessus le muret de la douche.

— Pour tes fringues.

Son savon dégageait une odeur bizarre, quelque chose qui ressemblait vaguement à du goudron ou à du thé fumé. J'ai réalisé que c'était la première fois que je me lavais depuis la mort de M. Je venais sans doute d'éliminer les dernières particules de lui sur ma peau, et cette idée m'a fait l'effet d'une faute irréparable. Et puis j'ai décidé que ça devait passer, comme le reste, comme la tranche de melon dans la poubelle, comme son corps. Et que ça n'était pas une trahison.

Quand mon père est mort et qu'il a fallu vider son appartement, je ne parvenais pas à jeter ou à donner quoi que ce soit, un ticket de caisse sur le plan de travail de la cuisine, un paquet de cigarettes entamé, ses vêtements, j'avais le sentiment que je le tuerais une nouvelle fois.

Mais il avait fallu faire vite, le propriétaire était pressé de relouer. Faire vite. Évacuer le mort comme on tire la chasse. Finalement avec Audrey nous avions tout donné, j'avais simplement gardé son jeu de tasses blanches et bleues. Celles qu'il avait gagnées avec ses timbres Seca dans les années quatre-vingt, dans lesquelles il me servait mon chocolat chaud quand j'étais petite, puis du café.

Je les utilise chaque matin depuis, et chaque matin mon père est avec moi pour le petit déjeuner, je ne l'ai pas trahi, ni abandonné.

Laisser partir M. n'était pas le trahir ni l'abandonner. Ses cellules sur ma peau ne changeaient rien. Mes cellules à moi allaient mourir aussi, se renouveler et d'ici quelques semaines, plus rien de ce qui me constitue n'aura été touché par M.

Sonia m'a fait asseoir à table, en face d'elle. Elle m'a tendu une clope, j'ai décliné.

– Là où j'ai grandi, on pratiquait ce rituel. Chaque fois que je perdais une dent, ma mère en faisait un talisman. Elle disait que c'était une façon de me garder près d'elle pour toujours.

Elle a relevé sa manche, révélé son poignet autour duquel se dessinait une sorte de bracelet sous la peau. La forme régulière de petits objets glissés là, à fleur d'os, sous l'épiderme blanc. Elle a posé le doigt sur l'un d'eux.

– Ça, c'est une dent de lait de mon frère, Bird. Là ce sont celles de ma fille. Ça c'est pas une dent, c'est une amulette taillée dans de la corne.

Elle a remonté sa manche plus haut. Son bras était parsemé de ces protubérances, de tailles et de formes différentes.

– Je vais pas te faire tout mon arbre généalogique, mais en gros, toute ma famille est là. Ici par exemple, c'est une perle du collier de ma grand-mère. C'est rare qu'on ait l'occasion de prélever les dents des morts. J'ai cru que tu serais contente d'en garder une de lui.

J'étais incapable d'articuler un mot. C'était à la fois insensé et magnifique. Pourquoi n'avais-je jamais entendu parler de ce genre de pratique ? Pourquoi ça n'était pas plus répandu ?

Comme beaucoup de parents, j'ai gardé toutes les dents de lait de Nina dans une petite boîte qui traîne dans un tiroir de la salle de bains. J'ai souvent pensé qu'il fallait en faire quelque chose mais je n'ai jamais trouvé quoi. L'idée de les sertir sur une bague m'avait traversé l'esprit mais je n'avais jamais osé franchir la porte d'une bijouterie pour en faire la demande. Trop peur qu'on me prenne pour une folle, que ma démarche soit perçue comme quelque chose de macabre. Quand on sait les corps humains broyés dans les mines d'or et de diamant, il est où le macabre ?

Elle a attrapé une petite boîte, comme un écrin, posée sur une étagère, et me l'a tendue. Ça ressemblait à une demande en mariage, je me suis abstenue de le relever, trop fatiguée pour faire de l'humour. Ma gorge, ma cheville, les écorchures sur mon front, les ampoules sur mes paumes, mes tempes, ma tête, tout m'élançait, me brûlait, je voulais dormir.

Sonia a ouvert la boîte et en a sorti la dent de M.

Je l'ai prise entre mes doigts. La surface était lisse, presque chaude. Sonia avait limé la racine, il ne restait que la partie visible de la dent, petit rectangle d'ivoire aux angles doux.

– Tu peux faire ça maintenant ?
– Si tu veux.
– Je veux.

Je me suis souvent demandé quel regard je poserais sur mon histoire avec M., a posteriori. Je sais qu'une histoire d'amour s'observe toujours à l'aune des raisons qui l'ont achevée. C'est con. En tout cas je sais que j'ai tendance à pratiquer cette forme de révisionnisme. Mes années avec Romain ont été heureuses, pourtant j'en parle comme s'il s'était comporté en parfait connard avec moi. La vérité, c'est que j'ai changé, lui de même, qu'à l'époque je l'aimais probablement aussi pour ça, parce qu'il me traitait avec condescendance, que je voyais ça comme quelque chose de rassurant, un gage de force, de virilité, qu'on m'avait appris à aimer. Idem pour l'histoire du viol avec Hugo. Sur le moment, je n'ai pas compris que c'en était un, vraiment, je pensais que la violence, la douleur, la peur faisaient partie des histoires d'amour ou de cul. Je me croyais protégée des « vrais » sales types en m'imaginant claquer la porte à la première baffe. En fait les gars qui frappent leurs copines jusqu'à les tuer créent une sorte de fenêtre d'Overton de la violence. C'est si extrême, si visible, si identifiable qu'on ne voit plus d'autres formes de brutalité.

En me retournant sur mes relations passées, est-ce que je les regarde avec lucidité ? Ou est-ce que je pose un regard biaisé par le chagrin de la rupture ? Même les historiens manquent d'objectivité...

On aurait pu réaliser un film sur M. et moi. J'aurais tenu le rôle de la pauvre fille seule, amoureuse et fascinée, qui passe sa vie à attendre un mec marié, le sale type qui trompe sa femme. On y aurait montré mes soirées misérables, plaid, vin, chat, vibro, me couchant dans un lit trop grand, plongeant mon nez dans un de ses tee-shirts, parlant au chat blotti entre mes bras au réveil. Bridget Jones, en plus vieille.

Et lui, menteur, calculateur, froid, seul aussi à sa façon, incapable de s'ouvrir, d'entretenir une relation sincère. Dans un bon scénario hollywoodien, sa mère ne serait pas bien loin, trop aimante ou pas assez, fautive quoi qu'il arrive.

Mais la vérité, ma vérité, c'est que je chérissais ces soirées silencieuses, le ronronnement du chat, me coucher seule, me branler, penser à ce que je voulais, m'arrêter en plein milieu si l'envie de dormir me prenait, rêver de M., me réveiller sans me préoccuper de l'autre, sans avoir à me demander : ai-je envie de faire l'amour ? Et si je n'avais pas envie et que lui oui, ou l'inverse ? Et s'il voulait dormir et que je voulais allumer pour lire ? Peut-être que je pourrais lui faire des crêpes, ça lui ferait plaisir des crêpes ? Et après ? Est-ce qu'il voudra se promener ? Ou peut-être qu'il aura envie d'être seul ? Je pourrais aller faire un tour... Et pour le déjeuner ? Qu'est-ce que je pourrais prévoir ? Envie de chanter ? Ah non, il est au téléphone.

Je sais bien que ce qui me rend la vie à deux impossible vient de moi. J'étais parvenue à ne plus être une chose molle, liquide, dans une relation à distance, mais au quotidien, dans la proximité, j'en aurais été incapable. Ou alors au prix d'une vigilance et d'une énergie exténuantes. Ma solitude me permettait de retrouver mon centre, m'accorder de l'attention, me rééquilibrer. Ça restait fragile. Et ça le restera sans doute encore longtemps.

Pour être honnête, peut-être que je fantasme légèrement sur l'idée d'être un jour capable de vivre avec quelqu'un, plus tard, si je deviens vieille. L'idée d'être deux, de prendre soin l'un de l'autre, de tourner peu à peu le dos au monde, de mourir ensemble. Quand je pensais aux possibles fins de notre histoire avec M., c'était celle que je préférais. Deux très vieux allongés sur un lit, ou sur une plage, gavés de narcotiques ou de ce qu'il faut pour partir dans un glissement de sommeil. La tête de l'un posée sur la poitrine de l'autre.

La nuit était tombée, encore. La pluie s'était tue. Sonia avait allumé des bougies. « On n'a pas eu de soleil aujourd'hui, je dois garder les batteries pour le frigo. » J'imagine qu'elle faisait référence aux panneaux solaires que j'avais vus le long du chemin, près de ma voiture. J'étais trop fatiguée pour la questionner sur son mode de vie, ses moyens de subsistance. Elle avait plongé la dent de M. dans un verre d'alcool. Sur la table, elle a étalé un chiffon sur lequel étaient disposés un scalpel, quelques compresses, la petite bouteille d'alcool marron au bouchon noir, une pince à épiler, un rouleau de bande adhésive médicale.

Sonia m'a tendu un shot de rhum et un cachet.

– Ça t'aidera à dormir après, tu en as besoin.

Elle a désigné son paquet de clopes du menton.

– Sers-toi.

Ma gorge brûlait toujours. Je savais que je serais malade le lendemain, mais cette fois j'ai accepté.

J'ai avalé le cachet tandis que Sonia mettait le feu à un tas d'herbes dans une vasque en terre cuite, qui se sont mises à fumer, sans flamme. J'ai cru reconnaître l'odeur de la sauge. La première gorgée de rhum est descendue droit dans mes veines, tout s'est allégé. La lueur du feu dans le poêle faisait danser ses ombres sur le plancher nu. Je me suis sentie en sécurité, pour la première fois depuis cinq jours. J'ai allumé une cigarette, savouré la brûlure dans ma gorge. Sonia s'est assise en face de moi, a attrapé mon poignet avec une douceur qui m'a surprise, presque sensuelle. Et si elle se mettait à me caresser, à m'embrasser ?

Mais elle s'est contentée de frotter une compresse imbibée d'alcool sur la face interne de mon poignet, là où la peau est la plus délicate. J'ai observé le carrefour de veines et de tendons disparaître puis réapparaître sous la gaze. C'était un endroit dangereux, pourquoi choisir celui-là ? Si je devais inciser quelqu'un je choisirais plutôt le biceps, la cuisse, une zone plus charnue.

— Là, tu la verras bien, elle restera saillante, mais si tu préfères un autre endroit, c'est toi qui choisis.

— Non, là c'est bien.

Elle a saisi le scalpel, posé la lame sur ma peau qui s'est offerte sans résistance, comme si elle acceptait, comme si elle n'avait pas eu besoin d'incision pour s'ouvrir. Un mince filet de sang s'est échappé dans un pincement. Sonia a plongé la pince à épiler dans le verre et en a sorti la dent. M. était là, pour toujours, dans cet éclat minéral qu'elle a glissé dans la plaie, sous ma peau. Puis elle a reposé la compresse qu'elle a maintenue sous son pouce.

– Je vais cautériser un peu pour refermer.

En prononçant ces mots, elle a tendu le scalpel au-dessus d'une bougie, puis attendu quelques secondes que la lame rougisse.

J'ai inspiré. J'aurais dû fermer les yeux mais je ne pouvais m'empêcher de fixer mon poignet, comme s'il ne m'appartenait plus, comme si c'était moi qui manipulais la lame. J'ai pensé qu'il faudrait qu'on prélève une seconde dent pour vous. Enfin, « on », pronom personnel indéfini, c'est facile. Il faudrait que Sonia prélève d'autres dents. J'en aurais été incapable. Pourtant l'idée que le corps de M. puisse être dégradé, pillé en l'occurrence, ne m'était plus aussi insupportable que cet après-midi. Peut-être que j'avais besoin de ça, pour accepter. Ça n'était plus lui, définitivement. Enfin, si, ça l'était toujours suffisamment pour que je veuille l'accompagner, encore. Terminer de creuser ce trou, y déposer des fleurs, des pierres, des branchages, y installer M. confortablement, l'embrasser une dernière fois, puis mettre le feu. Et le regarder brûler, le temps qu'il faudrait.

Sonia a approché la lame incandescente de la plaie minuscule. J'aurais peut-être dû manger quelque chose avant, je me suis sentie partir. Comme ce jour où, en enfilant un jean, je m'étais arraché un grain de beauté sur l'os iliaque. C'était il y a longtemps, peut-être une vingtaine d'années, mais je me rappelle le vertige, la nausée, le sang, ce petit bout de chair qui pendait, que j'hésitais à arracher d'un coup sec ou à essayer de recoller sous un sparadrap. Je m'étais demandé ce que j'aurais valu sur un champ de bataille. J'avais finalement réussi à ne pas vomir, ni perdre connaissance.

Au moment où Sonia a posé la lame sur mon poignet, la nausée m'a submergée. Puis la douleur m'a réveillée et a produit l'effet inverse, mon corps s'est redressé, a repris vie. L'odeur de chair brûlée m'a étourdie et m'a plu. L'odeur des mouches prises dans les ampoules halogènes, celle du fer rougi sur le sabot d'un cheval, celle d'un cheveu se tortillant au-dessus d'une flamme. Encore une fois, la douleur m'a fait du bien.

Sonia a reposé le scalpel sur le torchon. Ma peau brûlée formait une légère boursouflure noire.

– Va la mettre sous le robinet.

À travers le filet d'eau qui courait sur mon poignet je pouvais apercevoir le renflement de la dent de M., comme un caillou au fond de la rivière. Un jour moi aussi je mourrai et ma chair le libérera en se décomposant. Pour l'instant il est là. Mon corps le garde, l'absorbe, le protège. Là, juste à côté de cette artère, il tremblera à chaque battement de mon cœur. Il verra mon épiderme vieillir, se froisser, s'assécher. Si je refais l'amour un jour, il vibrera avec moi. Il ne me quittera plus.

– Viens, je vais couper la brûlure.

Pendant une fraction de seconde je me suis demandé pourquoi elle voulait encore me charcuter, puis j'ai compris. Coupeuse de feu, comment avais-je pu oublier ? Je me suis rassise face à elle. J'ai réalisé que j'avais bien dû passer dix minutes à regarder l'eau couler sur mon bras, et que j'avais complètement oublié sa présence. J'avais l'intuition que ça venait d'elle, cette capacité à s'abstraire. Moi je suis incapable de m'affranchir de l'autre. Sauf ici, avec elle. Ou alors ça venait de ces trucs qu'elle faisait brûler.

– Oui, j'ai mis un peu de datura, ça aide à déconnecter.

Ça aurait dû me faire flipper, cette capacité qu'elle avait à lire dans mes pensées, mais j'étais trop fatiguée, trop déphasée pour avoir peur.

Elle a enserré mon poignet entre ses mains. J'ai remarqué la musculature sèche de ses bras, comme des cordes sous la peau fine. Cette fois j'ai senti la brûlure, la chaleur incandescente sortir de moi, de ma blessure, comme aspirée par ses mains. Si elle avait pu procéder de la même façon avec le venin de la vipère... J'étais certaine qu'elle en était capable et qu'elle avait choisi de ne pas le faire. Peut-être qu'elle avait eu raison. J'entretenais un rapport confus à la douleur depuis trois jours. Un vieux fond d'éducation judéo-chrétienne qui refaisait surface ? Expier, toutes ces conneries ? Ou était-ce une façon de me distraire de l'autre douleur, celle de la mort de M. ?

Il fallait que je dorme. J'ai fermé les yeux, bercée par la psalmodie de Sonia. La datura... J'espérais qu'elle savait ce qu'elle faisait. J'espérais qu'elle était consciente que je n'avais jamais pris de substance hallucinogène de ma vie. M. m'avait expliqué ses bad trips sous champis, il avait pris pas mal de trucs quand il était jeune. Ça m'avait guérie de toute tentation d'essayer. Il m'avait raconté les descentes qui pouvaient durer plusieurs jours, pendant lesquelles il avait pensé se suicider pour mettre fin au supplice, les moments de panique sans objet, la certitude d'être connecté à la souffrance d'autres gens, ailleurs sur la planète.

Les mains de Sonia continuaient d'aspirer la brûlure. J'ai bâillé, le corps et l'esprit amollis, jetant mes dernières forces dans un combat pour ne pas tomber de ma chaise. Je me suis redemandé où j'allais dormir. Il n'y avait qu'un lit et je n'imaginais pas Sonia me le laisser.

Soudain elle s'est redressée, a lâché mon poignet comme prévenue par un système d'alarme invisible, inaudible.
– Quelqu'un approche.
En une seconde elle était près de la fenêtre, a écarté légèrement le rideau d'une main, l'autre saisissant la Winchester.
– Tu as prévenu quelqu'un que tu étais ici ?
L'adrénaline m'a réveillée.
– Non, je ne crois pas, je...
– Tu crois ou tu sais ?
Elle semblait plus inquiète qu'énervée. Il y avait

autre chose que son prétendu besoin de tranquillité. Elle avait peur.

— Il y a le gars à qui j'ai demandé ton adresse, mais je pense pas que...

— Va voir !

— Quoi ?

— Va voir qui est là.

— Mais... et ton sortilège ?

La guerrière de quarante ans avait disparu. En face de moi j'avais une petite fille terrifiée.

— Va voir !

Elle a pointé l'arme dans ma direction.

Je me suis dirigée vers la porte, espérant vaguement la voir éclater de rire, baisser son fusil, ravie de m'avoir fait marcher mais non, décidément la vie manquait cruellement d'humour ces temps-ci.

Je suis sortie. La lune jetait les ombres noires des sapins sur le chemin de cailloux qui semblait presque blanc et s'enfonçait en remontant dans l'obscurité compacte de la forêt. De qui ou de quoi pouvait-elle avoir si peur ? J'imaginais de nouveau les créatures surnaturelles, assoiffées d'âmes humaines, planant comme des volutes de brume entre les souches et les racines, prêtes à me dépecer dans un râle. J'essayais de me concentrer sur les images de cet endroit, quelques heures plus tôt, dans la lumière du jour, me rappeler aussi que j'avais dormi là, à une vingtaine de mètres la nuit dernière, avec M., et qu'il ne nous était rien arrivé. J'avançais, assourdie par les battements de mon cœur dans ma gorge, boitant sur ma cheville toujours enflée. Je suis entrée dans la bouche noire sous les arbres, essayant de voir où je posais les pieds.

Et si cette Sonia était réellement poursuivie par des gens dangereux ? Si elle était un témoin protégé ou ce genre de truc ? La fille d'un mafieux qui a décidé de dénoncer sa famille. Ou une lanceuse d'alerte. Ou une scientifique qui travaillait pour un gros groupe pharmaceutique et qui avait découvert un trafic d'organes humains ? Je ne sais pas, je ne regarde pas beaucoup les infos, ça avait pu m'échapper.

Il y avait peut-être un mercenaire tapi là dans l'ombre. Si j'avais le laser d'un sniper pointé sur le front, je ne le verrais pas. Je crois que dans ce cas-là on ne réalise pas, on meurt, comme un interrupteur, off, c'est tout. C'est pas si mal au fond.

J'ai cru entendre quelque chose. Je me suis arrêtée. Un cri.

Ça venait d'en haut, près de la route. Une voix d'homme. Mon prénom. J'ai pressé le pas. Il a crié encore. J'ai cru reconnaître la voix de Jacky, déformée par une émotion que j'ai identifiée rapidement. Il était terrifié. J'aurais voulu courir mais ma cheville m'en a empêchée. J'avais l'impression que la peau distendue s'était asséchée, qu'elle avait perdu toute élasticité et qu'elle aurait pu éclater à chaque pas. J'ai essayé de crier « Je suis là ! » mais ma voix est morte avant d'avoir franchi le seuil de mes lèvres, à bout de souffle.

J'ai eu l'impression de vivre un de ces rêves, quand

on tente de fuir mais qu'on court sur place, comme englué, pris dans un marécage. Peut-être que c'était ça. Un rêve. Je m'étais endormie sur la chaise face à Sonia, assommée par la datura. J'hallucinais. Peut-être. Impossible de séparer le réel de l'imaginaire. Et si c'était comme ça depuis toujours ? Si toute ma vie n'était qu'un trip ? Peut-être. Qu'est-ce que ça changerait au fond ? La souffrance n'en est pas moins forte, l'amour moins réel.

Des phares sont apparus en haut de la crête, immobiles. On aurait dit que Jacky n'avait pas réussi à s'engager sur le chemin. Le sortilège n'agissait plus sur moi. Est-ce parce que je m'éloignais de la maison ? Ou est-ce que Sonia l'avait désactivé pour moi ? Comme si j'avais gagné mon badge d'accès ? Ou bien ces dernières heures m'avaient emmenée au-delà de mes terreurs d'enfant. Ou alors c'était la dent de M. qui me protégeait déjà...

J'ai aperçu la silhouette de Jacky dans la lueur des phares. Le buste massif sur ses jambes écartées, comme un marin luttant contre la tempête. Il m'a appelée encore. Sa voix semblait plus claire, je crois qu'il m'avait vue.

Je suis enfin arrivée à sa hauteur, me suis jetée dans ses bras. Il m'a serrée si fort que j'ai cru étouffer, encore.

J'ai attendu qu'il parle.

– J'ai la femme de M. et son fils au chalet. Ils le cherchent. Il paraît que tu as envoyé une lettre...

Je voyais déjà le corbillard descendre le chemin, les mains en latex se poser sur M. Est-ce qu'on envoie un corbillard dans ce genre de cas ? Ou une ambulance ? Comment transporte-t-on les morts ? Vu les circonstances, j'imaginais qu'il devrait passer par les mains d'un médecin légiste.

– Il est vraiment mort ?

J'ai acquiescé, le visage enfoui dans sa chemise canadienne.

– Qu'est-ce que tu as foutu, ma puce ?

Il m'a saisie par les épaules, comme une enfant qu'il faudrait raisonner. J'aurais voulu qu'il soit assez malin pour comprendre que le moment était mal choisi pour un sermon.

J'ai soufflé un « je sais pas » inaudible.

– Il est là, en bas ?

J'ai hoché la tête.

– Qu'est-ce que t'espérais ?

– Rien, je sais pas. Je veux pas qu'il s'en aille. Je veux pas qu'on me le prenne.

Il m'a serrée de nouveau. Il sentait le bois brûlé, la sciure, et toujours son vieux parfum des années quatre-vingt. Je me suis sentie chez moi.

Il a soupiré.

– Bon, écoute, tu vas venir avec moi, on va aller à la police, tu vas tout leur expliquer, d'accord ? C'est peut-être pas si grave que ça. Si tu dis bien tout ce qu'il s'est passé...

– Non.

– Quoi ?

– Non, j'ai pas fait tout ça pour l'abandonner maintenant.

– Mais...

Il a éloigné mon visage, m'a observée, comme s'il ne me reconnaissait pas.

– Enfin... tu veux quoi exactement ?

Je me suis revue à quinze ans quand je devais convaincre mes parents d'une décision qu'ils désapprouvaient. Proposer du concret, des solutions, un plan. Ça rassure. Ça donne l'impression qu'on sait ce qu'on fait, où on va. Quand on est paumé, parfois la meilleure stratégie consiste à adopter une direction, n'importe laquelle, pour éviter de rester tétanisé, à la merci de l'avis des autres.

– Je veux organiser ses funérailles ici, demain, au crépuscule. Je veux que tu ailles chercher sa femme et son fils et que tu leur expliques que ça se fera comme ça, selon mes termes, qu'ils sont les bienvenus, mais qu'il ne bougera pas d'ici. Je veux que Nina soit là aussi. Et toi, évidemment. Je veux qu'il y ait des fleurs, des belles, pas les couronnes des funérariums, des fleurs de prairie, je veux de la terre, du feu, des étoiles, des odeurs vraies, du temps, autant qu'on veut, des mots pour lui, des larmes faites maison, pas un deuil en plastique, à la chaîne, professionnel, rentable. Je veux ma place, parce que j'y ai droit, parce que j'existe, à côté de tous ceux qui l'aiment, parce que dans cette histoire je n'ai jamais rien soustrait à personne.

– Et après ?

– Après quoi ?
– Tu crois vraiment que ça va s'arrêter là ? Enfin, je ne comprends même pas que je doive te dire ça, il y a des lois, des déclarations de décès, un registre national, la police, on ne fait pas ce qu'on veut avec un cadavre.

Il m'a interrogée du regard.

– Je m'en fous. Le reste n'a pas d'importance. C'est ça que je veux, après je paierai le prix qu'il faudra.

Sonia a accepté de laisser entrer Jacky, non sans marmonner quelque chose à propos d'Eurodisney et de toute la misère du monde. On a bu un premier verre de vin en silence, Jacky, le front froissé, les coudes sur les genoux, absorbé par le dilemme que je lui imposais.

J'ai pensé au corps de M., juste derrière le mur de pierres, sur son lit de bûches. J'aurais aimé pouvoir l'allonger sur des draps frais, ici, à l'intérieur. Qu'il passe sa dernière nuit au sec, habillé d'une chemise propre, la lueur des bougies lui caressant le visage. Demain. Demain, j'allais m'occuper de lui. Il faudrait terminer de creuser la tombe, puis tout préparer. Le laver, le changer.

Jacky s'est levé.
– Bon, faut que j'y aille.
Impossible de deviner s'il avait pris une décision.

– Comment elle est ?
– Quoi ?
– La femme de M. Comment elle est ? Dans quel état ?
– Sous le choc, comme tu imagines.
– Elle doute de ma lettre ? Elle espère encore qu'il soit vivant ?
– Non. Elle te croit. Elle sait qu'il est mort. Et son gamin aussi.

Il s'est dirigé vers la porte, le regard rivé au sol.

– Elle m'a demandé si elle pouvait dormir dans le chalet. J'ai accepté. Elle voulait voir le lac. Je lui ai pas dit que tu étais ici. Si tu veux mon avis...

Sa phrase est restée en suspens.

– Non, rien.

Il a enfin levé les yeux vers moi.

– Je t'aiderai. Quoi que tu décides. Je suis de ton côté.

Et il est sorti.

Dehors le vent s'était levé, son feulement alourdissait le silence.

Sonia a ouvert un tiroir, en a sorti une sorte de filet en coton clair, qui s'est révélé être un hamac lorsqu'elle l'a accroché à deux anneaux fixés aux murs.

– C'est tout ce que je peux te proposer.
– Ça ira très bien, merci.

Je l'ai observée se déplacer à travers la pièce, sortir une couverture, vider le cendrier, ranger le matériel qui était resté sur la table, scalpel, alcool. Son corps nerveux, souple, l'harmonie de ses gestes.

Je me suis rappelé la facilité avec laquelle elle m'avait maîtrisée près de l'abri.

– Où est-ce que tu as appris à te battre ?

Elle a bâillé, s'est rallumé une clope, se laissant glisser sur une chaise.

– J'ai grandi dans une secte, pas très loin d'ici. J'ai pas été à l'école, j'ai eu une enfance, disons, particulière. Ma mère voulait que je sache me défendre. J'ai été formée à différents arts martiaux, au maniement des armes, à la survie en pleine nature. Je dois avouer que ça m'a été pas mal utile à certains moments.

– C'est d'eux que tu avais si peur tout à l'heure ?

Son visage s'est refermé.

– Non. Ça c'est une autre histoire. La secte, elle a été partiellement démantelée quand j'étais ado. Ma mère s'en est sortie, mon petit frère aussi, mais beaucoup de gens sont morts. J'ai plus de raison d'avoir peur d'eux.

– C'est elle sur la photo ?

– Oui.

Elle s'est relevée.

– C'est bon, l'interrogatoire est terminé ? Je peux aller me coucher ?

J'ai réussi à dormir deux heures je crois, assommée par le rhum, le cachet, le poids des derniers jours. Je percevais le souffle régulier de Sonia, le grincement des sapins au-dessus de nos têtes. Quelle heure pouvait-il être ? Deux, trois heures du matin ?

Je vous ai imaginée vous, éveillée aussi. Peut-être que vous vous teniez au même endroit que moi quatre jours plus tôt, devant la baie vitrée, à observer le lac à la lueur de la lune, à le sonder, lui demander des explications. J'ai essayé de deviner votre odeur, celle de l'angoisse, de deux nuits sans sommeil, des heures silencieuses en voiture, de l'alcool peut-être.

Je ne pouvais plus attendre le lever du jour, j'avais déjà trop traîné, il était temps.

Je me suis extraite péniblement du hamac. Ma cheville allait mieux, je suis parvenue à enfiler un short, mes baskets. Inutile de réveiller Sonia, je me suis glissée hors de la maison. En marchant vers ma voiture j'ai réalisé que je ne craignais plus la forêt, la nuit. J'ai effleuré du pouce la dent de M. sous ma peau.

Ma voiture a démarré, malgré la balle dans le tableau de bord. Le GPS était hors service.

Sur la route je n'ai croisé quasiment personne. La lune éclaboussait la neige des sommets avant de s'évanouir sur les flancs boisés. J'aimerais dire que je ressentais la présence de M., près de moi, dans le silence, mais ce n'est pas vrai. Il n'était plus là. Je pouvais convoquer son souvenir, l'imaginer s'émerveillant de ce ciel pâle, posant sa main sur mon genou, comme il aimait le faire quand je conduisais, m'embrassant le cou. Mais je savais que ça ne venait que de moi. Je me suis demandé ce qu'éprouvaient les premiers humains, avant les premières tombes, les premiers rites funéraires. Que ressentent les chiens, les oiseaux ? Combien de temps leur faut-il pour oublier leurs morts ? S'ils les oublient.

Je suis arrivée à l'hôtel du Lac, toutes les lumières étaient éteintes. J'ai espéré que Jacky et Liliane parvenaient à dormir.

J'ai choisi de laisser la voiture là et de monter à pied. Était-ce une façon de gagner du temps ? Sans doute. Je redoutais cet instant depuis le début de mon histoire avec M. Combien de fois je vous ai imaginée, sonnant à ma porte, hirsute, enragée ? Ou pire, digne, glaciale. Je ne sais de vous que ce que M. m'en a raconté. Un jour j'avais essayé d'aller voir votre profil sur Insta. Les photos de vous en maillot de bain au bord d'une piscine, avec votre fils, probablement prises par M., m'avaient sauté à la gorge. Je m'étais arrêtée, écarlate, honteuse. Honteuse de m'immiscer dans cette intimité que vous aviez pourtant choisi de dévoiler. Parce que ces photos ne s'adressaient pas à moi. En les postant vous aviez sans doute pensé à vos amis, votre famille, vos collègues peut-être, pas à la maîtresse de votre mari. Je n'avais pas le droit de les regarder.

Je sais à peine à quoi vous ressemblez, je ne connais pas le son de votre voix, ni votre odeur, ni votre regard. C'est ce qui m'attendait en haut, en plus de votre fureur et de votre désespoir. Malgré tout, je me sentais solide, soulagée. Je réalisais que ce qui s'achevait pour moi commençait à peine pour vous. Le désespoir, le chaos, le vide. C'était injuste. C'était comme ça. J'ai observé ce mélange de sérénité et d'appréhension en moi, comme une nouvelle forme de vie. Mon corps alerte, amaigri, léger. J'allais trouver les mots, quelle que soit votre réaction.

Quand il vous évoquait au début de notre relation, M. peinait à prononcer votre prénom devant moi. Comme s'il risquait de vous faire apparaître par magie. Il disait « Madame » ou « Une certaine personne ». Il fallait que vous demeuriez immatérielle, désincarnée, une idée. Comme un tableau dont une partie devait rester dissimulée derrière un drap. Je n'ai jamais su qui il cherchait à protéger de cette façon, lui, vous ou moi ? Probablement les trois. Parfois ça m'arrangeait, parfois je vous nommais, moi. Camille. J'éprouvais alors un absurde sentiment d'intégrité. Comme si vous nommer rétablissait une forme d'équilibre. Alors que ce combat-là ne valait pas la peine d'être mené, je le savais perdu d'avance. Notre amour reposait sur un mensonge, à quoi bon vouloir m'inventer une éthique là-dedans ? Ou peut-être était-ce simplement ma façon de me cramponner au réel, de refuser que le mensonge s'immisce entre M. et moi. Une façon de lui dire « pas de ça entre nous ». Je ne sais pas. Camille. Il m'est nécessaire de prononcer votre prénom. Je le murmurais en gravissant le chemin de rocaille. L'odeur rocheuse, vide, du lac me parvenait déjà. J'ai perçu combien elle était différente de celle du lac d'en bas, qui sentait la vase, la truite, la vie.

Le chemin a cessé de grimper, je suis arrivée sur le plateau, l'eau sombre et le chalet ont émergé de la nuit. J'ai eu le sentiment de les avoir quittés depuis des mois déjà. Seuls trois jours s'étaient écoulés en réalité. Camille.

Peut-être faudra-t-il qu'un jour je comprenne ce qui m'a fait faire demi-tour. On pourrait y voir un accès de lucidité, le surgissement du réel, un retour à la raison. Je parlerais plutôt de lâcheté. Comme si les deux vies de M. ne pouvaient entrer en contact, une forme de répulsion magnétique, comme si vous et moi évoluions dans des dimensions parallèles qui ne pouvaient se rencontrer. La psy qu'Audrey m'oblige à voir chaque semaine parle de « brusque interruption de bouffée délirante ». On peut mettre les mots qu'on veut. Je dirais plus platement que je me suis sentie prête, que j'ai su, enfin, ce que je devais faire. Ce qui me semblait juste. J'ai aussi ressenti le besoin de me tourner vers les miens, de revenir vers mon clan, vide de M., d'accepter leurs bras.

Je suis redescendue à l'hôtel, chez Jacky. J'ai attendu l'aube accroupie sur la terrasse qui surplombait le lac, scrutant la masse noire des montagnes d'en face, ces monstres de roches arrachés à l'océan il y a des millions d'années. J'ai pensé à cet avion écrasé à quelques kilomètres d'ici, volontairement précipité sur une falaise par un pilote dépressif. J'ai essayé d'imaginer la panique des passagers, des enfants. J'espère que quelqu'un leur a menti, leur a raconté que c'était juste un exercice ou un spectacle. En regardant le ciel rosir, j'ai cru entendre la montagne crier. Comme si elle libérait toute la souffrance dont elle avait été témoin depuis des millions d'années.

J'ai baissé les yeux vers la vallée encore plongée dans la nuit. Combien de viols avaient lieu en ce moment, là en bas ? Combien de dents serrées, de larmes ravalées, de terreur contenue ? Combien d'enfants gardiens d'un secret trop grand pour eux ?

J'ai été tirée de mes réflexions par le bruit d'une voiture qui entrait sur le parking de l'hôtel. Elle s'est arrêtée à côté de la mienne, je me suis penchée pour regarder. C'était celle de Romain.

Prévenu la veille par Jacky, Romain avait sauté dans sa voiture avec Nina, roulé toute la nuit. Ils m'ont tous les trois raccompagnée chez Sonia. Elle a étendu un drap noir sur le plancher de sa maison. J'aurais préféré du blanc. Nous nous sommes approchés de l'abri sous lequel j'avais laissé M.

Romain m'a pris la main, sans me regarder, comme si ce geste, trop déstabilisant pour lui, devait demeurer sur le territoire des corps. Quelle heure pouvait-il être ? Sonia était levée quand nous sommes arrivés, mais elle est sans doute de cette espèce qui se réveille avec les oiseaux. Que faisait-elle ici ? À quoi ressemblaient ses journées ? Est-ce qu'elle s'ennuyait ? Je la soupçonnais d'avoir été moins dérangée par notre présence qu'elle ne le prétendait. Nina se tenait en retrait, perdue. Je ne pouvais pas m'occuper d'elle à cet instant, mais je me suis surprise à me réjouir de sa vulnérabilité, elle restait mon enfant, peut-être pour quelques années encore.

Il fallait ouvrir la bâche maintenant, j'ai demandé à Nina de s'éloigner. Plusieurs mouches se sont envolées. Sonia avait raison, elles faisaient juste leur travail. Nous avons attrapé chacun un coin de la toile et avons ramené M. à l'intérieur. J'ai saisi ses épaules comme je l'avais fait trois jours plus tôt et l'ai fait glisser sur le drap, avec l'aide de Sonia. Jacky n'a pas cherché à dissimuler ses larmes. Romain est sorti.

Les vêtements de M. étaient froissés, humides, une tache sombre couvrait son entrejambe. L'odeur était épouvantable.

– Je voudrais le changer.

Sonia et Jacky ont acquiescé, sont sortis à leur tour. J'ai ouvert sa valise, plongé le nez dans un de ses pulls, son parfum lui avait survécu jusque-là. Sa crème hydratante, son gel, son savon, son eau de toilette. J'ai extrait le tout de sa trousse, les ai disposés en ligne près de lui. Il restait une chemise propre au fond de la valise.

J'ai levé ses bras au-dessus de sa tête, ça lui a donné une allure comique, comme s'il était en train de danser. Sa bouche entrouverte laissait apparaître la béance de sa dent manquante. J'ai glissé le bas de son tee-shirt vers ses épaules. Mes gestes étaient plus assurés que la première fois. Des taches verdâtres étaient apparues entre le nombril et le pubis, cet endroit que j'aimais embrasser lorsque je déboutonnais son jean. J'ai tiré sur le col du tee-shirt pour l'agrandir et le passer au-dessus de son nez sans l'accrocher. Tout en lui me paraissait si fragile désormais. J'ai lutté pour ne pas penser à l'après, au lendemain, à mon appartement, qu'il habitait sans y vivre.

J'ai déboutonné son short. Ce geste répété tant de fois. Je l'ai revu, les yeux mi-clos, les bras repliés autour de la tête, un léger sourire aux lèvres. Le sexe gonflé sous la toile épaisse. Je l'ai fait glisser le long de ses jambes, tirant d'un même geste son caleçon. Un liquide noir s'est écoulé. Je ne respirais que de la bouche mais j'ai senti malgré tout. Il était nu, à moi pour la dernière fois. J'ai repris la bassine pleine de mes vêtements boueux de la veille, je les ai jetés devant la maison, avec ceux de M. Qu'est-ce que j'allais en faire ? Des miens, de ceux de M. ? Est-ce que j'aurais le courage de les reprendre ? De les laver ? J'aimais l'idée de garder une tenue de lui. J'ai pensé que je verrais bien, je les ai oubliés finalement. J'imagine que Sonia a dû les jeter.

J'ai rempli la bassine d'eau chaude et me suis agenouillée près de lui pour le savonner. Au début de notre histoire nous aimions nous laver mutuellement sous la douche, je ne sais pas pourquoi cette habitude s'était perdue. J'ai commencé par son visage. Sa barbe semblait avoir poussé depuis sa mort. J'avais appris dans une série policière que la pousse de la barbe après la mort était une légende. C'était simplement la peau qui se contractait à cause de la déshydratation, découvrant la base des poils, les faisant paraître plus longs. Les taches sombres qui s'étaient accumulées à l'arrière de ses bras ne m'impressionnaient plus. J'ai terminé par ses jambes, en essayant de ne pas trop faire bouger son bassin, pour éviter d'autres écoulements.

Après l'avoir séché en le tamponnant doucement avec une serviette, je lui ai passé un peu de crème sur le torse et sur le visage. Le surgissement de ces parfums parmi la puanteur m'a bouleversée. Eux je les ai gardés. Sa crème, son eau de toilette, son déodorant. Je n'ose pas les ouvrir, ils sont restés dans ma valise fermée à l'entrée de la chambre.

Je me suis attardée sur ses mains aux ongles noircis, essayant de gagner du temps. Je ne parvenais plus à lui parler.

J'ai embrassé son front une dernière fois. Puis j'ai rabattu les deux pans du drap et il a disparu pour toujours.

Sonia est venue m'aider à nouer trois ficelles, une autour de son cou, une autour de sa taille, et une autour de ses chevilles pour garder le drap en place. Puis nous l'avons porté jusqu'au pick-up de Jacky, sur le plateau duquel il avait accroché une vieille barque à la lasure verte écaillée. Avec l'aide de Romain et Jacky, nous y avons installé M. avant de la couvrir d'une bâche.

Jacky a garé son pick-up près du lac d'en haut. Avec Romain, Nina et Sonia, nous avons déchargé la barque et l'avons posée sur la grève. Le corps de M. reposait au fond de l'embarcation, dans son linceul noir, sa valise à ses pieds. Pendant que je l'habillais chez Sonia, Nina était allée cueillir des fleurs sauvages. Elle s'est agenouillée à côté de moi pour les disposer autour de M.

La gorge nouée, elle m'en a donné les noms.

– Ça, c'est de la linaigrette à feuilles étroites, t'as vu, elle ressemble un peu à la fleur de coton, elle pousse dans les sols humides, en bordure de rivière, ou dans les combes, elle devrait maintenir sa floraison jusqu'en juillet.

L'évocation de juillet m'a bouleversée. Oui, juillet arriverait. Sans M. Je prendrais des vacances que je ne lui raconterais pas.

En réalité, je continue de tout lui raconter, et il continue de me répondre, je ne parle qu'à lui depuis mon retour. Un dialogue dans ma tête, ça n'est pas la même chose, mais je m'y suis habituée.

– Là, c'est des euphorbes, ça c'est une grande berce.

La voix de Nina a vacillé.

– Ça, je crois que c'est une anémone soufrée mais je ne suis pas sûre, là les trucs violets c'est des saxifrages, et ça on a de la chance, elle est un peu précoce, c'est de la valériane des montagnes.

Elle s'est interrompue en levant les yeux vers le chalet, de l'autre côté du lac. Vous étiez apparue sur la terrasse, devant la porte vitrée, avec Sam. Je vous ai trouvée petite, peut-être la même taille que moi, les cheveux noirs et courts, élégante en training-baskets. Bien sûr je vous avais déjà vue en photo, mais la réalité surprend toujours. De loin, Sam ressemblait à son père. Si j'avais voulu, je n'aurais eu aucun mal à me persuader que c'était M. qui se tenait là, à quelques dizaines de mètres, la silhouette étroite, arquée. Vous vous teniez par la main, face à nous, face à ce qui vous attendait.

Vous m'avez paru si vulnérables, à deux, alors que nous étions cinq. On aurait dit deux armées sur le point de s'affronter dans un rapport de force asymétrique. Il fallait que M. vous rejoigne maintenant, pour que vous soyez moins seuls. Qu'il quitte mon camp pour rejoindre le vôtre.

C'est à cet instant que j'ai su qu'un jour je vous

écrirais cette lettre, que je tenterais de vous rendre par les mots ces quelques jours pendant lesquels je vous ai volé M. Je savais déjà que ça ne réparerait ni ne rééquilibrerait rien, mais qu'il me faudrait en passer par là.

J'ai poussé la barque sur l'eau, l'ai retenue du bout des doigts. Dans un film américain, quelqu'un se serait mis à chanter. Puis un gars aurait sorti une guitare, tout ça aurait eu un peu de gueule. Mais on n'était pas dans un film américain.
Jacky a ouvert les portières du pick-up. Je ne pouvais pas dire au revoir à M. sans musique. Je lui ai demandé « Thank You » de Dido.

Je ne t'ai sans doute pas assez remercié, mon amour. On oublie toujours de dire merci, on dit « je t'aime » et on croit que ça suffit. Alors merci, pour tout ce que tu sais déjà, pour m'avoir aidée à réaliser que j'étais autre chose qu'une fille sexy en short, merci d'avoir aimé mes muscles, ma force, mon agressivité, d'avoir ri à mes blagues pas drôles, respecté mon besoin de solitude, merci de m'avoir embrassée en pleine rue, merci pour le cul qu'on a réappris ensemble. Merci pour ta fragilité. Merci d'avoir accepté de te débarrasser avec moi des artifices à la con du manège amoureux, la jalousie, la possession, les preuves à brandir, merci de m'avoir vue comme une alliée, pas comme une adversaire, merci d'être devenu mon meilleur ami. Au revoir, mon amour.

J'ai poussé doucement la barque.

De l'autre côté du lac, votre immobilité glaçante. Vous attendiez qu'on s'en aille.

Mon pouce a caressé la dent de M. sous ma peau.

La chanson de Dido s'est achevée, et le silence s'est abattu comme une gifle. Jacky s'est approché, m'a touché l'épaule.

– Je vais rester ici avec eux. Romain va te ramener.

La barque a dérivé presque imperceptiblement. J'ai pensé à la femme de la plage. Je l'imaginais, elle aussi, sur le chemin du retour. On était samedi. Les locations prenaient fin. Lundi on se remettrait au travail. Lundi la vie recommencerait.

Maintenant, vous savez tout. Ou plutôt je vous ai livré ce qui se trouvait à ma portée. J'ai déposé à vos pieds, comme un chien penaud, cette chose abîmée, salie, mais vigoureuse, la certitude que M. vous aimait.

J'espérais qu'en exhumant le passé, notre histoire, mon histoire, je parviendrais à comprendre ce qui m'a amenée à ces six jours de folie. À identifier mes fautes. La psy parle de délire post-traumatique. Je ne sais même pas si elle est diplômée.

La vérité, c'est que je n'en sais pas plus, et que je suis épuisée. Que j'ignore quelle attitude adopter envers moi-même, compassion ou sévérité. Mais ça n'est pas votre problème. Et ça ne me ramènera pas M. Ça ne nous ramènera pas M. Peut-être que dans cet océan de fatigue et d'incompréhension, la seule chose qui importe, c'est que j'ai perdu l'homme que j'aimais, vous aussi, et que ça exige de la douceur et de la compréhension.

Audrey m'a dit que vous aviez renoncé à porter plainte contre moi.

Je ne sais pas si je dois vous en remercier.

Je crois que j'aurais préféré que toute cette histoire ait des conséquences tangibles sur ma vie, qu'elle la fasse éclater, que d'autres débattent de mon cas, me jugent, prononcent une sentence. Ça n'est pas une pensée masochiste ou expiatoire, simplement, être exposée à l'arbitrage d'une institution m'aurait sans doute dispensée de chercher les réponses en moi-même. Et puis ça m'aurait occupée. Là il ne reste que le vide monstrueux laissé par l'absence de M.

Plus que jamais j'espère que des bras vous accueillent quand vous en avez besoin.

J'entends Audrey qui rentre. Il pleut à seaux dehors, ses cheveux doivent être trempés. Je pourrais lui apporter une serviette. Je crois qu'elle a besoin de moi.

Je vous embrasse,

S.

Bande-son

J'ai besoin de musique pour écrire. Elle m'aide à passer de l'autre côté, dans l'univers du roman. D'habitude, j'ai deux playlists : une « Metal », pour le matin, et une « Classique », pour l'après-midi. Pour ce livre-ci, j'ai ressenti le besoin d'en créer une nouvelle, exclusive, dont les sonorités coïncideraient avec l'atmosphère du roman. Elle a été élaborée à mesure que la narration émergeait, si bien que je ne sais plus qui, de la playlist ou de l'histoire, a façonné l'autre. Elles se sont agrégées, comme il arrive qu'un tronc finisse par absorber le tuteur qui le soutenait. J'en partage ici les références complètes afin qu'elle puisse vous accompagner pendant la (re)lecture du livre, si l'expérience vous tente. Elle se trouve en intégralité et dans l'ordre sur une célèbre plateforme de streaming.

« Immortels »
DOMINIQUE A – *La Musique/La Matière*

« Love Letter »
NICK CAVE AND THE BAD SEEDS – *No More Shall We Part*

« Something on Your Mind »
KAREN DALTON – *In My Own Time*

« Too Many Birds »
BILL CALLAHAN – *Sometimes I Wish We Were an Eagle*

« Make You Feel My Love »
ANE BRUN – *Leave Me Breathless*

« Astral Plane »
VALERIE JUNE – *The Order of Time*

« Where Is My Love »
CAT POWER – *The Greatest*

« L'autre bout du monde »
EMILY LOIZEAU – *L'Autre Bout du monde*

« Into My Arms »
NICK CAVE AND THE BAD SEEDS – *The Boatman's Call*

« Famous Blue Raincoat »
LEONARD COHEN – *Songs of Love and Hate*

« Isn't It a Pity »
NINA SIMONE – *Emergency Ward*

« Every Time the Sun Comes Up »
SHARON VAN ETTEN – *Are We There*

« Lilac Wine »
NINA SIMONE – *Wild Is the Wind*

« Blue Moon Revisited »
COWBOY JUNKIES – *The Trinity Session*

« Imagining My Man »
ALDOUS HARDING – *Party*

« Wild Is the Wind »
CAT POWER – *The Covers Record*

« Kiss Me »
AN PIERLÉ – *Helium Sunset*

« Coming Back to You »
LEONARD COHEN – *Various Positions*

« Vanishing Act »
LOU REED – *The Raven*

« Walzer für Niemand »
SOPHIE HUNGER – *Monday's Ghost*

« The Road »
NICK CAVE, WARREN ELLIS – *The Road*

« Poetry : How Does It Feel ? »
AKUA NARU – *The Journey Aflame*

« Reason to Believe »
KAREN DALTON – *1966*

« Roses & Wine »
ALA.NI – *You & I*

« Werewolf »
CAT POWER – *You Are Free*

« Mud Stories »
AN PIERLÉ – *Mud Stories*

« We are Fine »
SHARON VAN ETTEN – *Tramp*

« Most of the Time »
BOB DYLAN – *Oh Mercy*

« Harvest Moon »
JANE BIRKIN – *Fictions*

« I'd Like to Walk Around in Your Mind »
VASHTI BUNYAN – *Just Another Diamond Day*

« Lay Your Head Down »
KEREN ANN – *Keren Ann*

« The Summer Wind »
MADELEINE PEYROUX – *Half the Perfect World*

« Treaty »
LEONARD COHEN – *You Want It Darker*

« Hey, That's No Way to Say Goodbye »
ROBERTA FLACK – *First Take*

« Oh ! My Mama »
ALELA DIANE – *The Pirate's Gospel*

« The Man I Love »
BILLIE HOLIDAY – *Lady Day :
The Complete Billie Holiday on Columbia*

« Save Me »
AIMEE MANN – *Magnolia*

« Right as Rain »
dEUS – *Worst Case Scenario*

« Dark End of the Street »
CAT POWER – *Dark End of the Street*

« Troubled Waters »
CAT POWER – *The Covers Record*

« Fourth of July »
SUFJAN STEVENS – *Carrie & Lowell*

« Far From Me »
NICK CAVE AND THE BAD SEEDS – *The Boatman's Call*

« Between the Bars »
MADELEINE PEYROUX – *Careless Love*

« Mysteries »
BETH GIBBONS, RUSTIN MAN – *Out of Season*

« Au revoir mon amour »
DOMINIQUE A – *Éléor*

« Thank You »
DIDO – *Sliding Doors*

« Morning Sun »
MELODY GARDOT – *Currency of Man*

Merci à Nicolas Florence,
Geoffrey Lambert, Lila Sputael
et Thomas Gunzig pour leur aide
infiniment précieuse.

Pour tous ceux qui aiment découvrir les histoires derrière les livres, nous vous donnons rendez-vous sur www.collectionproche.fr

L'édition originale de ce livre est le fruit du travail de toute une équipe de passionnés aux Éditions L'Iconoclaste.

Pour sa sortie dans la Collection Proche,

Vahram Muratyan a conçu la couverture d'après une illustration de Pierre Mornet et imaginé la recette idéale pour un plaisir de lecture parfait : de belles marges blanches, un interlignage finement étudié et un savant mélange de trois fontes (Heldane Text, Tiempos Fine et Galano Grotesque).

À la fabrication, Marie Baird-Smith et Anna Polonia ont travaillé pour obtenir l'objet idéal : un livre souple, un papier léger et bouffant, une carte de couverture qui lui permettra de vieillir sur votre étagère sans prendre une ride.

L'équipe de Soft Office a réalisé la mise en page du texte. Hélène Meurice a relu le livre à la virgule près.

Constance Beccaria et Clémentine Malgras ont assuré la publication de ce livre. La communication et le marketing ont été imaginés avec Pierre Bottura et Adèle Leproux. Anne-Sophie Richard l'a fait vivre sur les réseaux sociaux.

Les factures des collaborateurs et les droits d'auteur sont payés rubis sur l'ongle par l'équipe de Christelle Lemonnier.

Les représentants de Rue Jacob Diffusion, coordonnés par Élise Lacaze, ainsi que l'équipe d'Interforum, ont sillonné toutes les librairies françaises, suisses et belges.

Ce livre est désormais entre vos mains, prêt à démarrer sa nouvelle vie.

**L'ensemble de cet ouvrage a été réalisé
dans le respect des règles environnementales en vigueur.
Il a été imprimé par un imprimeur certifié Imprim'Vert,
sur du Classic Book PEFC pour l'intérieur
et une carte Metsäboard PEFC pour la couverture.**

**Achevé d'imprimer en France sur les presses
de l'imprimerie Normandie Roto Impression s.a.s.
à Lonrai (Orne) en juin 2024.**

**ISBN : 978-2-493909-69-5
N° d'impression : 2402970
Dépôt légal : Mai 2024**

En France, un livre a le même prix partout.
C'est le « prix unique du livre » instauré par la loi de 1981
pour protéger le livre et la lecture. L'éditeur fixe librement
ce prix et l'imprime sur le livre. Tous les commerçants
sont obligés de le respecter. Que vous achetiez votre livre
en librairie, dans une grande surface ou en ligne,
vous le payez donc au même prix. Avec une carte
de fidélité, vous pouvez bénéficier d'une réduction
allant jusqu'à 5 % applicable uniquement en magasin
(les commandes en ligne expédiées à domicile
en sont exclues). Si vous payez moins cher,
c'est que le livre est d'occasion.